AF146299

Alexander Kail

Zenit

novum ▰ pro

Dieses Buch ist auch als
e-book
erhältlich.

www.novumverlag.com

Bibliografische Information
der Deutschen Nationalbibliothek:

Die Deutsche Nationalbibliothek
verzeichnet diese Publikation in
der Deutschen Nationalbibliografie.
Detaillierte bibliografische Daten
sind im Internet über
http://www.d-nb.de abrufbar.

© 2023 novum Verlag

ISBN 978-3-99131-787-6
Lektorat: M. S.
Umschlagfotos: Tomert,
Wisconsinart, Dachux21,
Honzahruby I Dreamstime.com
Umschlaggestaltung, Layout & Satz:
novum Verlag

www.novumverlag.com

Climate neutral
Print product
ClimatePartner.com/16547-2201-1002

E r lebt in einer Höhle, inmitten des Waldes. Es ist ein angenehmes Leben und er genießt es, jeden Tag draußen in der Natur zu sein. Er kann sich gerade kein schöneres Leben vorstellen. Es ist, als ob alles in Ordnung wäre. Er weiß selbst nicht genau, was er für ein Wesen ist.

Teilweise ähnelt seine Gestalt der eines Menschen. Er besteht aus einem Oberkörper mit zwei Armen, Händen und einem Hals, auf dem ein Kopf mit einem schönen Gesicht und kurzen, braunen Haaren sitzt.

Da, wo sich bei einem Menschen normalerweise die Beine befinden, verändert er sich plötzlich. Er gleicht einem Pferd mit vier Beinen und einem Pferdeschwanz. Außerdem hat er, was ganz ungewöhnlich ist, Flügel auf dem Rücken.Mit den Flügeln ist es ihm nicht möglich, zu fliegen. Sein Name ist Zenit.

In der Höhle mitten im Wald lebt er schon, seit er denken kann, früher zusammen mit seinen Eltern. Jetzt nimmt er sein Leben selbst in die Hand. Tagsüber geht er keiner geregelten Beschäftigung nach. Es wird ihm aber dennoch nicht langweilig.

Zenit liebt es, tagsüber im Wald unterwegs zu sein und neue Bereiche und Gegenden zu erkunden. Im Wald kann er vielen sonderbaren Geschöpfen begegnen, zum Beispiel bunten Vögeln, die wie Papageien aussehen. Jedoch benehmen sie sich nicht so. Sie kreischen und schnarren nicht. Sie fliegen lautlos hin und her.

Auch affenähnliche Tiere gibt es. Sie schwingen sich von Ast zu Ast und von Baum zu Baum. Sie haben jedoch keine Schwänze, sondern Hüte auf dem Kopf.

Es gibt noch verschiedenartige kleinere Insekten, wie Libellen durch die Luft schwirren, aber lange Saugrüssel haben, mit denen sie den Nektar aus den Blüten ziehen.

Zenit fühlt sich sehr wohl in seiner Umgebung. Doch er ist neugierig. Er möchte immer noch mehr kennenlernen. Wenn er unterwegs ist, erweitert er ständig das Gebiet, das er auskundschaften möchte. Er ist noch nie außerhalb seines Waldes gewesen.

Zenit wüsste jedoch zu gerne, was sich dahinter verbirgt, welche wunderbare Welt sich dort auftut. Er hat sich schon immer gefragt, welchen Wesen er dort wohl begegnen würde.

Doch der Weg dorthin ist weit und beschwerlich, er ist nicht so einfach zu bewältigen. Vor allem wird Zenit dann nicht mehr so leicht in seine Höhle zurückkehren können. Davor hat er sich immer gescheut.

Er überlegt sich immer wieder, ob er seine sichere Wohnung in der Höhle aufgeben und sie verlassen soll, um diese vielleicht wunderbareWelt dort draußen zu entdecken. Es ist ein Risiko für ihn, weil er dann nicht mehr weiß, was er essen und wo er schlafen soll.

Hier im Wald ist es leicht, sich zu ernähren. Es gibt die verschiedensten Pflanzen und Früchte. Sie sind alle schmackhaft, sie machen ihn satt. Doch ob es außerhalb des Waldes ebenso ist, weiß er nicht. Bis jetzt hat er niemanden getroffen, der ihm hätte erzählen können, was sich dort befindet und ob es sich da ebenfalls gut leben lässt.

So hat er dieses Risiko bisher immer gescheut. Ganz brav ist er am späten Nachmittag oder abends immer in seine Höhle zurückgekehrt. Doch die Sehnsucht nach der anderen Welt lässt ihm keine Ruhe.

Es hilft ihm nicht, wenn er denkt, dass er hier ja sicher und geborgen ist. Vielleicht ist er das ja dort auch. So wägt er seine Gedanken immer wieder ab. Eine klare Entscheidung, sein gewohntes Lebensumfeld endgültig zu verlassen, konnte er noch nicht treffen.

An diesem Abend liegt Zenit in seinem Bett. Er denkt lange nach. Er kann nicht einschlafen. Immer wieder gehen seine Gedanken zu der Grenze des Waldes. Er malt sich aus, er träumt, was sich dahinter verbergen könnte. Er stellt sich die Frage, ob er es schaffen würde, seine sichere Höhle hier für immer zu verlassen, um eine möglicherweise wundersame Welt zu entdecken.

Es ist jedes Mal das Gleiche: Nachdem er sich diese Frage gestellt hat, verlässt ihn der Mut. Er dreht sich auf die andere Seite und schläft ein.

Im Traum gehen seine Gedanken weiter.

Er träumt davon, dass er seine sichere Höhle im Wald aufgegeben hat. Er ist unterwegs, um die Grenze und damit auch den Weg zu finden, der aus dem ihm bekannten Gebiet hinausführt, hin zu der ihm unbekannten Gegend.

Er galoppiert und galoppiert. Der Wald will kein Ende nehmen. Anfangs hat es ihm Spaß gemacht. Jetzt kommt ihm alles unbekannt vor. Er hat die Orientierung verloren. So hat er sich sein Abenteuer nicht vorgestellt.

Doch dann steigt wieder die Sehnsucht in ihm auf, ach etwas Neuem und Unbekannten. Diese Sehnsucht treibt ihn an, weiter vorwärts zu gehen und nicht mehr auf das zu schauen, was er hinter sich gelassen hat. Und so schreitet er voran – und auch die Tiere im Wald verändern sich, in ihrem Aussehen und in ihrem Wesen.

Bis jetzt ist er ohne Schwierigkeiten vorangekommen. Seine Füße tragen ihn über den weichen Grasboden. Fast ist er schon an der Grenze des Waldes angelangt.

Seit einiger Zeit blickt er nicht mehr nach links und nach rechts und nach hinten schon gar nicht. Er ist der Meinung, zurückzuschauen bringt ihn nicht weiter. Er muss jetzt nach vorne blicken, in die Zukunft.

Auf einmal bleibt er plötzlich abrupt stehen. Vor Zenit ist ein Hindernis aufgetaucht, das er nicht bemerkt hat. Es ist grün und besteht sowohl aus Blättern, als auch aus Zweigen. Gegen seinen Willen galoppiert er ein paar Schritte zurück, um es besser in Augenschein nehmen zu können.

Eine riesige Hecke versperrt ihm den Weg. Da befindet sich keine Öffnung. Er kommt weder oben drüber, noch unten durch. Er überlegt, ob es nicht doch vielleicht links oder rechts an den Seiten ein Weiterkommen geben könnte.

Wo er hinsieht, zieht sich die Hecke in beide Richtungen. Es würde sich nicht lohnen, einfach in die eine oder andere Richtung loszulaufen, um ein Ende zu finden. Wer weiß, ob er jemals dort ankommen würde.

Zenit sieht sich um, ob es nicht irgendein Werkzeug gibt, mit dem er ein Loch in die Hecke machen könnte. Er sieht aber keines.

Einen Moment denkt er: „Jetzt ist die Situation da, vor der ich immer Angst hatte. Ich bin kurz vor der Grenze des Waldes und ich komme nicht weiter. Es gibt keine Möglichkeit mehr. Das war es jetzt."

Aber es wäre nicht Zenit, wenn sich nicht weiter die Hoffnung in ihm geregt hätte, die ihn die ganze Zeit angetrieben hat. So sucht er im Umkreis der Hecke nochmals nach einem Gegenstand, mit dem er ein Loch in sie machen könnte, damit sein Weg frei wird.

Schließlich findet er einen großen Ast. Mit diesem möchte er es versuchen. Mit aller Kraft läuft er auf die Hecke zu, um mit dem Ast ein Loch hineinzubohren. Es hat funktioniert. Eine kleine Öffnung ist schon sichtbar. Sie ist allerdings noch zu klein, um hindurchzuschauen. Er versucht es noch einmal. Diesmal schafft er wieder ein weiteres Stückchen. Auf der anderen Seite gibt es keinen Wald mehr, das kann er deutlich erkennen. Mehr sieht er allerdings noch nicht. Die Öffnung muss größer werden, es hilft alles nichts.

Allerdings ist er schon ziemlich erschöpft. Egal, er macht dennoch weiter. Immer wieder bohrt er mit dem großen Ast in das Loch, das von Mal zu Mal größer wird. Schließlich ist es groß genug, dass er durchsteigen kann. Vorsichtig klettert er hindurch, aber er muss aufpassen, dass er dabei nirgends hängen bleibt.

Endlich, es ist geschafft! Er steht auf der anderen Seite des Hecke. Was er vorher schon erahnt hat, sieht er jetzt richtig. Da ist kein Wald mehr, auch keine Bäume. Er befindet sich inmitten eines Gebirges, größere und kleinere Hügel und Berge reihen sich aneinander. Es ist eine große Weite, die ihm nicht so begrenzt vorkommt wie sein Wald. Er fühlt sich plötzlich vollkommen frei und unabhängig.

Jetzt erst holen ihn seine existenziellen Fragen wieder ein: Wo werde ich heute Nacht schlafen? Was werde ich heute Abend essen? Er hat noch keinen Hunger, doch er ist sich sicher, dass es nicht mehr lange dauern wird, bis es Abend wird. Schließlich ist er den ganzen Tag durch den Wald galoppiert.

So auf die Schnelle entdeckt er nichts Essbares. Das hat er jedoch auch nicht erwartet. Er muss einfach weiter danach suchen. Er wird schon etwas finden. So galoppiert er weiter, ohne genau auf seinen Weg zu achten.

Seine Füße tragen ihn schnell vorwärts, er kann sehen, wie der Boden unter ihm nur so dahin flitzt. Da hat er einen Abhang übersehen. Er kann nicht mehr bremsen. Zenit ist plötzlich starr vor Schreck. Er wird abstürzen, er wird es nicht mehr verhindern können. Zenit kneift die Augen zu, er spürt, wie er fällt und fällt.

Mit einem Mal wacht er auf. Er liegt in seinem vertrauten Bett in seiner Wohnung in der Höhle mitten im Wald. Er hat vom Weg durch den Wald, von der Hecke, die die Grenze verschließt, sowie vom Absturz von dem Felsen nur geträumt. Erleichtert atmet Zenit auf.

Vielleicht ist der Traum eine Warnung an ihn gewesen, dass das Abenteuer, das er vorhat, viel zu gefährlich für ihn ist. Andererseits hat er in seinem Traum ja ebenso gute Erfahrungen gehabt, dieses Gefühl der unendlichen Freiheit, die er in dem schönen Gebirge erlebt hat.

Es ist ein wechselseitiges Abwägen der Vor- und Nachteile sowie ein Abschätzen der Gefahr, die dahinterstehen kann.

Mit diesen Überlegungen und Gedanken schläft Zenit friedlich ein.

Der nächste Tag verläuft so, wie seine vorherigen Tage, gleichförmig und ohne Besonderheiten, immer ziemlich langweilig, wie Zenit findet. Er sehnt sich nach Abwechslung und Abenteuer.

Er denkt, dass er es einfach versuchen muss, so wie er es im Traum gemacht hat. Im Traum ist er ohne Vorräte losgezogen, das ist sicher leichtsinnig gewesen, denn wer weiß schon, wann er etwas zu essen gefunden hätte. Er muss also Proviant mitnehmen, von dem er einige Zeit leben kann.

Zenit legt sich selbst einen Plan zurecht, an dem er sich orientieren und an den er sich halten will. In den nächsten Wochen sammelt er genügend Vorräte, um etwa einen Monat in einer fremden Gegend überleben zu können. Wenn er diesen Vorrat beisammenhat, will er losziehen. Er bereut es bestimmt nicht, denn dieses gleichförmige Leben im Wald und in seiner Höhle kann er beinahe nicht mehr ertragen.

So kommt endlich mehr Schwung in sein Leben. Er hat keine Angst, er freut sich richtig darauf. Schon am nächsten Tag nimmt er verschiedene Körbe und Utensilien mit, in denen er Beeren und Pflanzen, die er immer isst, sammeln kann.

Es ist ein herrlicher Frühlingstag. Zenit machen die Vorbereitungen für seine Reise richtig Spaß. Er läuft in die verschiedenen Ecken seines Gebietes, um möglichst viel an Vorrat mitnehmen zu können. Für die unterschiedlichsten Situationen auf seiner Reise muss er gerüstet sein.

Zenit ist guter Dinge, wie er da so mitten im Wald auf einer Wiese nach verschiedenen essbaren Beeren und Pflanzen sucht. Es macht ihm richtig Freude, sein Vorhaben genau vorzubereiten, das merkt man ihm an. Er wird sein altes Leben, sowie seine gewohnte Umgebung nicht vermissen, im Gegenteil.

Er hat sich immer eine Veränderung und Abwechslung gewünscht. Wenn er die Chance, die sich ihm jetzt bietet, nicht wahrnimmt, ist es irgendwann einfach zu spät dafür, da ist er sich sicher.

„Da hast du dir ja eine schöne Aufgabe für heute vorgenommen!", ertönt da mitten in seine Gedankengänge hinein eine helle Stimme. Erschrocken fährt Zenit herum. Mit einem Besucher hat er in dieser einsamen Gegend nicht gerechnet.

„Ach, Mirabell, du bist es!" Zenit atmet erleichtert auf. Mirabell ist ein Wesen, halb Mensch, halb Pferd, nur in weiblicher Gestalt. Sie ist sehr hübsch. Verlegen schaut Zenit beiseite. Er kennt sie schon lange, doch mehr als ein paar nette Gespräche unterwegs haben sich nicht ergeben.

„Sammelst du dir einen Vorrat für den Winter?", möchte Mirabell wissen. „Nein, ich habe mir vorgenommen, den Wald für immer zu verlassen. Ich möchte erkunden, was sich jenseits der Grenze des Waldes befindet."

„Du bist aber mutig. Ich würde mich auf so ein Abenteuer nicht einlassen, selbst wenn ich für mehrere Tage oder Monate einen Vorrat dabeihätte. Du weißt doch nicht, was da auf dich zukommt. Du hast nicht einmal ein festes Dach über dem Kopf. Du wirst nicht wissen, wie du weiterhin zu Nahrung und Kleidung kommst."

„Ich habe es mir gut überlegt, ich habe alle diese Risiken abgewogen", entgegnet ihr Zenit. „Aber wenn ich länger in dieser Gleichförmigkeit meines jetzigen Lebens bleibe, dann würde ich zugrunde gehen, das habe ich ganz deutlich gespürt."

„Da ist auch wieder etwas dran. Du scheinst dir deiner Sache richtig sicher zu sein. Ich war ebenfalls schon immer neugierig, auch ich möchte wissen, was sich jenseits des Waldes befindet. Ich überlege, ob ich mit dir mitgehen soll."

„Das ist viel zu gefährlich für dich, wer weiß, was da alles für Gefahren auf uns lauern?", versucht Zenit Mirabell von ihrem Vorhaben abzubringen.

„Ich fürchte mich nicht vor unsicheren Situationen, außerdem sind wir dann zu zweit", bringt Mirabell als Gegenargument vor. „Wir könnten uns dem, was uns begegnet, besser in den Weg stellen oder uns schützen."

„Da ist etwas dran!", muss Zenit zugeben. Aber er kann sich immer noch nicht so recht mit dem Gedanken anfreunden, zusammen mit Mirabell, also mit einer Frau, sein Vorhaben umzusetzen.

„Aber wer weiß, vielleicht gefällt es dir nach ein paar Tagen nicht mehr, dann möchtest du zurück und weißt nicht wie. Ich bin mir sicher, dass ich auf keinen Fall mehr in diesen Wald und in meine Höhle zurückkehren will."

„Ich überlege und träume doch auch schon länger davon, meine gewohnte Umgebung endgültig zu verlassen. Ich habe mich jedoch nie richtig getraut, weil ich es nicht allein machen möchte."

Ganz plötzlich hat Zenit einen guten Gedanken, er kann selbst nicht genau sagen, wie es dazu gekommen ist. Er wird Mirabell vorschlagen, dass sie den Weg gemeinsam beginnen können, aber mit einer Probezeit, d. h. jeder von ihnen kann nach einer gewissen Wegstrecke, wenn es nicht mehr passen sollte, allein weiterziehen.

Zenit wird es auf einmal sehr leicht ums Herz. Gleichzeitig hat er wieder Sorge, dass Mirabell beleidigt reagieren oder dass sie überhaupt nicht damit einverstanden sein könnte.

Aber andererseits muss sie es doch auch verstehen, dass das sein Plan ist, dass dieser Vorschlag mit dem gemeinsamen Weggehen sehr überraschend gekommen ist. Das ist natürlich auch mit einem Risiko verbunden.

Wer sagt ihm denn, dass Mirabell und er sich jederzeit und in allen Situationen auf diesem Weg gut verstehen werden?

Während er so seinen Gedanken nachhängt, räumt er seine Höhle leer. Er ist den ganzen Vormittag über richtig beschäftigt. Er kommt kaum zum Durchatmen.

Gegen Mittag macht sich Zenit auf den Weg zu der Wiese, so wie er es gestern mit Mirabell vereinbart hatte. Er fühlt sich gerade nicht wohl in seiner Haut. Aber da führt jetzt kein Weg mehr daran vorbei. Er hat auch nochmals einige Boxen und Gläser mitgenommen, um sich einen weiteren Vorrat für unterwegs anzulegen.

Schon von Weitem sieht er Mirabell auf der Wiese, ebenfalls Vorräte sammeln. „Sie ist wirklich fest entschlossen, ihr Vorhaben umzusetzen", denkt sich Zenit.

„Schön, dich zu sehen, ich dachte schon, du kommst nicht", begrüßt Mirabell ihn fröhlich. „Warum soll ich nicht kommen?", erwidert Zenit.

„Ich denke mir, weil du den Weg nicht mit mir zusammengehen möchtest", gibt Mirabell offen zu. „Ich habe auch große Bedenken dabei, da will ich gleich ehrlich sein", erwidert Zenit.

Mirabell schaut enttäuscht auf den Boden. „Ich habe es kommen sehen", antwortet sie.

„Ich denke, wir sollten es zumindest einmal versuchen", schlägt Zenit vor. „Was meinst du mit versuchen?", fragt Mirabell zurück.

„Wir beginnen den Weg gemeinsam hinaus aus unserer gewohnten Umgebung, über die Grenze des Waldes. Wir lassen uns jedoch die Möglichkeit offen, jederzeit unseren Weg allein weitergehen zu können."

„Du willst dir also ein Hintertürchen offenlassen?", fragt Mirabell zutiefst gekränkt. Sie kann Zenit gar nicht mehr richtig ansehen. „Warum nicht?", fragt er zurück. „Wer weiß, was uns auf unserem Weg passiert, wer uns da alles begegnen wird? Kannst du in die Zukunft schauen? Ich finde, für uns selbst sollten wir uns diese Möglichkeit offenhalten."

Er merkt, wie Mirabell innerlich mit sich kämpft. Sie hat es längst eingesehen, es ist ihr eigener Stolz, der sie noch zurückhält.

„Gibt es denn keine andere Möglichkeit?", fragt Mirabell. Es ist ihr anzumerken, dass sie mit den Tränen kämpft. „Nein, es ist doch ein guter, realistischer Weg für uns beide, wenn wir uns diese Alternative offenlassen."

Mirabell kann sich nicht mehr zurückhalten. Schluchzend rennt sie von der Wiese weg, sie ist verschwunden, ohne sich noch einmal umzudrehen. Verdutzt steht Zenit da. Mit so einer heftigen Reaktion hat der dann doch nicht gerechnet.

Wie es jetzt weitergehen wird, weiß er nicht. „Wirft Mirabell jetzt ihren Plan über den Haufen, verlässt sie den Wald doch nicht? Geht sie den Weg jetzt allein? Überlegt sie es sich noch einmal und geht auf seinen Vorschlag ein?" Zenit kann die Situation nicht richtig einschätzen.

Er beginnt erst einmal, seinen Plan allein zu verfolgen. Er lässt sich nicht irritieren und auch nicht von seiner Idee abbringen. So sammelt er bis zum späten Nachmittag weiter. Zu Hause hat Zenit einen großen Rucksack, in dem er alle seine Vorräte auf seinem Weg transportieren möchte.

So geht er, immer noch in Gedanken bei der Reaktion von Mirabell, zurück in seine leere Höhle. Es ist ein merkwürdiges Gefühl, dass er hier heute die letzte Nacht verbringen wird. Er zweifelt nicht daran, ob seine Entscheidung richtig ist. Er ist sich sicher, dass er, wenn er hierbleiben würde, nicht mehr glücklich sein kann.

Mit diesen Gedanken verbringt er einen schönen letzten Abend in seiner Höhle. Er merkt dabei gar nicht, wie die Zeit vergeht. Zenit denkt, dass er vor Aufregung gar nicht schlafen kann. Doch er hat an diesem Tag noch so viel zu tun gehabt, dass er sofort eingeschlafen ist.

Am nächsten Morgen wacht er sehr früh, motiviert und unternehmungslustig auf. Seinen großen Rucksack hat er bereits am Vorabend gepackt, er sieht nur noch einmal nach, ob er auch nichts vergessen hat. Seine Schlafdecke passt gerade noch hinein, er packt sie dazu. Seine Höhle sieht überhaupt nicht mehr wohnlich aus, sie ist richtig kahl, es fällt ihm überhaupt nicht schwer, sie zu verlassen.

Mit diesen Gedanken zieht er sich langsam und bewusst an. Er schnallt seinen Rucksack auf den Rücken. Gerade will er die Höhle verlassen, als er erschrocken zurückfährt. Mirabell kommt plötzlich auf ihn zu, ebenfalls fertig angezogen, mit einem genau so großen Rucksack auf dem Rücken. „Was machst du hier?", fragt Zenit ganz verwundert und durcheinander.

„Ich möchte mich wegen gestern entschuldigen und dir sagen, dass ich es mir überlegt habe. Ich gehe auf deine Bedingungen ein."

„Das freut mich jetzt aber wirklich!", antwortet Zenit diesmal spontan aus dem Bauch heraus, ohne lange zu überlegen.

Gemeinsam ziehen sie los, ohne noch einmal zurückzuschauen. Sie haben ihr Ziel fest vor Augen.

Am Beginn ihrer Reise kommt ihnen der Wald noch ganz bekannt vor. Sie kennen die Bäume, Sträucher, Pflanzen, Beeren andere Tiere, die sie sehen und die ihnen begegnen. „Werden wir heute an der Grenze des Waldes ankommen?", fragt Mirabell.

„Ich glaube nicht, dazu ist sie viel zu weit weg. Wir werden uns heute einen Schlafplatz im Freien suchen müssen." „Das müssen wir wohl auch, wenn wir aus diesem Wald draußen sind, so leicht werden wir keine feste Unterkunft finden", antwortet ihm Mirabell.

„Du bist sehr realistisch, u hast dir deinen Plan gut durchdacht", erkennt Zenit wertschätzend an. „Natürlich, man kann sich ja nicht ganz blauäugig auf so ein Abenteuer einlassen", entgegnet Mirabell. Den nächsten Wegabschnitt gehen sie gemeinsam schweigend, jeder seinen eigenen Gedanken nachhängend.

Am frühen Nachmittag bekommen beide Hunger. Sie beschließen, sich einen geeigneten Platz für ihre erste Mahlzeit zu suchen. Zenit, der eine Decke bei sich hat, breitet sie auf der Wiese aus, so dass sie sich setzen können. Es macht einen ganz gemütlichen Eindruck.

Zenit stellt fest, dass es viel schöner ist, in Gemeinschaft statt allein zu essen. Sie lassen sich Zeit dabei, denn es ist beiden klar, dass sie heute bestimmt nicht die Grenze des Waldes erreichen werden. Sie brauchen sich demnach nicht zu beeilen.

Nachdem sich beide ausgeruht haben, machen sie sich wieder auf den Weg. Da sie frisch gestärkt sind, legen sie ein flotteres Tempo vor als vorher. Bis jetzt konnten sie ihren Weg ungestört gehen. Niemand hat sie aufgehalten oder angesprochen.

„Es macht alles viel mehr Spaß, wenn man zu zweit ist, das habe ich gar nicht gewusst", kommt Zenit zur Einsicht. „Ich habe es mir immer gewünscht", gibt Mirabell zu erkennen.

Als sie mit dem Essen fertig sind, räumen sie ihren Picknick-Platz gemeinsam auf. Sie ruhen sich noch etwas aus, bevor sie weiterziehen. „Ich bin gespannt, was uns noch alles auf unserem Weg begegnen wird." Es ist Mirabell richtig anzumerken, dass sie sich freut, so mit Zenit unterwegs sein zu können.

„Ja, ich möchte endlich wissen, was sich jenseits des Waldes befindet, ob es wirklich das Gebirge ist, von dem ich geträumt habe, oder doch etwas nderes?", stellt Zenit seine Vermutung an. „Das ist mir jetzt gar nicht so wichtig, ich wollte nur eine Veränderung in meinem gleichförmigen Leben", offenbart ihm Mirabell.

„Das haben wir auf jeden Fall erreicht, denn so wie vorher wird es bestimmt nicht mehr werden. Wollen wir weiterziehen? Wir sollten heute eine große Strecke des Weges schaffen." „Ich bin bereit."

Frisch gestärkt und ausgeruht ziehenbeide weiter. Sie beobachten die Bäume, die sich immer mehr zu einem Dschungelwald verdichten. Die Tiere verändern sich ebenso in ihrem Aussehen.

Anstatt der feen- und elfenartigen Wesen, sehen sie jetzt Tiere, die Affen sehr ähneln, sich jedoch insofern von ihnen unterscheiden, dass sie nicht von Ast zu Ast hüpfen, sondern nur auf der Erde hoppeln können. Fast kommt es ihnen so vor, als seien Hasen unterwegs.

„Wie weit sind wir denn noch von der Grenze des Waldes entfernt?", fragt Mirabell. „Ich weiß es nicht, so schnell werden wir die Grenze sicher nicht erreichen", antwortet ihr Zenit.

„Wird es dir schon zu viel?" „Nein, ich habe einfach nur zur Orientierung gefragt. Aber es wird sich mit der Zeit herausstellen." Das nächste Stück des Weges setzen eide schweigend fort. Jeder hängt seinen eigenen Gedanken nach.

Sie laufen und laufen. Immer wieder verändert der Wald Stück für Stück sein Aussehen. Die dschungelartigen Bäume wandeln sich hin zu richtigen Palmen. Außerdem ist auf einmal kein Wiesenboden mehr zu sehen, sondern richtiger Sand. Es scheint fast so zu sein, als seien sie in einem Wald auf einer Südseeinsel.

„Mir klebt der Sand an den Hufen", stellt Mirabell fest. „Das ist bei mir auch so, aber es ist doch nicht schlimm", entgegnet ihr Zenit. „Wir können nachher gerne eine kleine Pause machen."

„Nein, lieber später, ich möchte gerne noch ein Stück laufen, wenn es geht." Mirabell will unbedingt zeigen, was sie kann und dass sie jeder Gefahr trotzt. So marschieren beide tapfer ihren Weg durch den Sand weiter.

Auf einmal erscheint mitten in dieser Waldwüste ein Fluss, so wie wenn sie plötzlich auf eine Quelle gestoßen wären. „Das ist doch jetzt ein guter Platz für eine Pause", schlägt Zenit vor. „Ja gerne, hier lässt es sich ein bisschen aushalten." „Du bist nicht zu bremsen", stellt er fest und lacht dabei.

Sie setzen sich und schauen gemeinsam auf den Fluss. „Wie können wir den Fluss überqueren?", fragt Mirabell auf einmal. „Müssen wir das vielleicht gar nicht?"

„Doch natürlich, wenn wir zu der Grenze des Waldes wollen, müssen wir weiterhin geradeaus gehen. Wir können nicht einfach die Richtung verändern." „Aber wie sollen wir da hinüberkommen? Zum Überqueren ist er zu breit und tief ist er bestimmt ebenfalls."

„Das ist ein erstes Problem auf unserer Reise, das wir gemeinsam lösen müssen, denn sonst können wir gleich wieder umkehren", bemerkt Zenit. „Nein!" Mirabell ist anzumerken, dass sie durch nichts aufzuhalten ist, um ihren Weg fortzusetzen.

„Das gefällt mir, du bist demnach bereit, auftretenden Schwierigkeiten zu begegnen, sowie nach einer Lösung dafür zu suchen." „Ja, aber wie können wir dieses Problem mit dem Fluss beseitigen?", fragt Mirabell etwas ratlos.

„Wir müssen eben überlegen und nach einer passenden Lösung Ausschau halten", überlegt Zenit nun laut. „Wir bräuchten so etwas wie einen Steg." „Er sollte schon breit genug für uns sein", stellt Mirabell fest. „Ich schaue mich einmal nach geeigneten Bäumen um, vielleicht können wir uns einen Steg bauen."

„Zugegeben, hier gibt es Bäume und dadurch genügend Holz, aber wie willst du das Holz miteinander sowie an den Ufern befestigen?"

Jetzt ist es Zenit, der etwas ratlos schaut. „Wir werden dafür schon eine Lösung finden, das hast du selbst gesagt", hält ihm Mirabell entgegen.

Sie steht auf, dabei schaut sie sich nach geeigneten Holzbalken um, teilweise liegen sie hier im Wald verstreut herum. „Wir können ja schon einmal ein paar Bretter zusammensammeln", schlägt Mirabell vor.

Gemeinsam bringen sie Holzstamm um Holzstamm an das Ufer des Flusses, das Wasser rauscht und plätschert vor sich hin. Beide sind sehr darauf bedacht,, die erste Herausforderung auf ihrem Weg zu meistern.

„Ich habe leider immer noch keine Lösung dafür, wie wir die einzelnen Baumstämme zu einer Brücke werden lassen können", bemerkt Zenit. „Wir müssen sie entweder zusammenbinden oder zusammennageln."

Mirabell ist in ihrem Element, weiter nach praktischen Lösungen Ausschau zu halten. „Ich würde sie doch lieber stabiler befestigen, als nur durch eine Schnur, das wird so nicht halten." Zenit denkt schon immer etwas weiter.

Mittlerweile liegt ein großer Bretterhaufen am Ufer des Flusses, bereit, um zu einem stabilen Steg weiterverarbeitet zu werden. „Am besten läuft jetzt jeder in eine andere Richtung, um nach etwas zu suchen, womit wir die Bretter stabil miteinander verbinden können", schlägt Zenit vor.

So trennen sie sich zum ersten Mal auf ihrer gemeinsamen Reise. Sie vereinbaren spätestens, wenn die Sonne anfängt zu sinken, wieder an ihrem Uferplatz zu sein. Notfalls müssen sie hier die erste Nacht verbringen.

Mirabell läuft in die von ihr eingeschlagene Richtung. Angestrengt hält sie die Augen offen nach etwas, womit sich die Baumstämme fest miteinander verbinden lassen. Doch sie findet nichts Passendes.

Kein geeigneter Gegenstand, keine Schnur, keine Nägel und auch keine Naturmaterialien sind vorhanden. Mirabell ist teilweise wirklich verzweifelt, sie denkt, dass sie gegen Abend unverrichteter Dinge wieder umkehren muss. Doch aufgeben ist für sie keine Option.

Wenn es nicht anders geht, müssen sie dort ein paar Tage verbringen, bis sich eine Gelegenheit findet, um aus den Brettern einen Steg zu bauen. Sie sind jetzt doch schon so weit gekommen. So läuft und läuft sie weiter.

Sie achtet nicht mehr auf den Sand, der schon überall an ihr klebt, genauso wenig auf Unebenheiten. Da sieht sie eine Öffnung vor sich. Es sieht wie ein Berg aus Stein aus, mitten in diesem Südseepalmenwald, mit einer Höhle darin. Sie überlegt nicht lange. Sie läuft einfach in der Hoffnung hinein, dort auf einen Gegenstand zu stoßen, der ihr helfen könnte.

Felswände ragen zu beiden Seiten der Höhle auf, die weit in diesen Berg hineinreicht. Licht ist hier nur spärlich vorhanden. Es ist ihr egal, sie muss sich für eine etwaige Lösung tiefer in die Höhle hineinwagen. So geht sie weiter und weiter, dabei schaut sie sich immer genau um.

Je weiter sie in die Höhle hineinläuft, desto mehr kommt es ihr vor, als ob es keine gute Idee gewesen war. Mittlerweile sieht Mirabell kaum noch etwas. „Nein!", denkt sie sich. „Hier kann ich nichts finden! Ich muss wieder umkehren."

Mirabell macht sich auf den Rückweg zum Ausgang. Mittlerweile ist die Höhle völlig verdunkelt, sie sieht keinen einzigen Lichtschein. Sie kann nur erahnen, wo sich der Ausgang befindet. Sie läuft in die vermutete Richtung, doch kein Licht kommt ihr entgegen. Sie ist in völliger Dunkelheit eingehüllt.

„Das kann doch gar nicht sein, da vorne muss sich doch der Ausgang befinden." Sie lässt sich von der Dunkelheit nicht beirren und läuft stur in die Richtung, wo sie den Ausgang vermutet.

Plötzlich stößt sie gegen einen Widerstand, dadurch wird sie zurückgeworfen. Rückschritte kann sie überhaupt nicht ertragen, da sie doch immer vorwärtskommen möchte. Sie versucht es noch einmal.

Sie nimmt vollen Anlauf und rennt los. Dabei stößt sie gegen eine Art weiche Wand. Sie wird abermals zurückgeworfen und bleibt verdutzt auf dem Boden sitzen. So etwas ist ihr schon lange nicht mehr passiert, dass sich ihr ein Hindernis in den Weg stellt.

Aber was kann das sein? Woraus besteht das Hindernis? Wie lässt es sich beseitigen? – Fragen über Fragen. Mirabell läuft vorsichtig auf das Hindernis zu. Sie streckt ihre Hand aus und streift vorsichtig über die weiche Wand.

„Wenigstens ist es kein hartes Hindernis", denkt sie sich, „was das wohl für eine Materie ist?" Sie weiß es nicht. Immer und immer wieder streicht sie über die weiche Wand, die ihr, wie sie vermutet, den Ausgang versperrt.

Auf einmal hat sie kleine Körner an ihren Händen, sie spürt es ganz deutlich. Aber das kennt sie doch! Das kommt ihr sehr bekannt vor. Sie streicht mehrmals über die Wand, immer mehr Körnchen bleiben an ihren Fingern kleben, ein paar fallen auch auf den Boden, sie kann es deutlich spüren.

Mirabell wird mutiger, sie nimmt die Körner in den Mund. Da erkennt sie es ganz deutlich: Es ist Sand! Sie hat es die ganze

Zeit gespürt, dass es etwas ist, was sie gut kennt, konnte es jedoch nicht zuordnen.

Anscheinend hat, während sie in der Höhle unterwegs war, eine Ladung Sand das Eingangsloch verschüttet. Das hat den Ausgang versperrt, deswegen kann sie auch nichts mehr sehen.

Jetzt bekommt Mirabell es auf einmal mit der Angst zu tun. Eingesperrt war sie noch nie. „Hilfeee, hilfeee, Zeniiit!!!", schreit sie aus voller Kehle.

Der Hall ihrer Schreie wird durch die Wand aus Sand sowie die Felswände abgeschirmt. So kann sie draußen keiner hören. Mirabell setzt sich auf den Boden und überlegt, was sie jetzt noch tun könnte. In so einer verzwickten Lage ist sie noch nie gewesen.

Der Sand auf der Wand ist jedoch nicht unbeweglich. Er lässt sich abreiben, aber es nützt ihr nicht viel. Ein Loch wird sie in die Wand nicht hineinbohren können. Sie muss jedoch etwas unternehmen. Einfach tatenlos dasitzen und warten, bis sie jemand findet, das will sie nicht.

Außerdem wird es lange dauern, bis sich Zenit auf die Suche nach ihr machen wird, sie haben sich ja spätestens erst für den Abend wieder am Fluss verabredet.

Mirabell beginnt an der Wand zu kratzen, damit der Sand abfällt. Es sind hoffnungslose Versuche, sich aus der misslichen Lage zu befreien. Ein paar Körner rieseln zu Boden, doch nicht genug, um ein Loch hineinzubekommen. Sie gibt noch lange nicht auf, das ist nicht in ihrem Sinn.

Vielleicht findet sie in der Höhle einen spitzen Gegenstand, mit dem sie gegen die Wand aus Sand stoßen kann.

Zentimeter für Zentimeter sucht sie den Boden um sich herum ab. Sie traut sich nicht, wieder tiefer in die Höhle hineinzulaufen, um den Ausgang nicht aus den Augen zu verlieren. Es liegen leider gar keine Gegenstände auf dem Höhlenboden.

Sie hat bei ihrem Weg hinein ja noch erkennen können, dass da nichts ist, was ihnen beim Bauen des Stegs helfen hätte können.

Es ist keine gute Idee gewesen, in die Höhle hineinzugehen, das ist ihr jetzt klargeworden. Sie möchte eben jede Möglichkeit ausschöpfen, die sich ihr bietet. Das ist so ihre Art.

Doch darüber jetzt nachzudenken, hilft ihr wenig weiter, das sieht sie auch ein. Sie muss sich aus ihrer Situation befreien. Sie versucht noch mehrmals, sich durch Rufe bemerkbar zu machen.

Sie zweifelt jedoch daran, dass ihre Stimme außerhalb des Berges überhaupt gehört wird. Sie kratzt immer wieder an der festen Wand aus Sand, aber es fällt keine nennenswerte Menge herunter.

Unterdessen ist Zenit in die andere Richtung des Flusses unterwegs, um nach Material oder Gegenständen zu suchen, mit denen sie aus den Holzbrettern einen Steg bauen könnten. Er läuft und schaut sich dabei um.

Er hat keine konkreten Vorstellungen von dem, was er eigentlich sucht. Doch je mehr er danach Ausschau hält, desto weniger kann er etwas Konkretes finden. Das kann ja nicht sein, dass Mirabell und er gleich am Beginn ihrer langen Reise auf so ein unüberwindbares Hindernis stoßen.

Zenit möchte jedoch nicht aufgeben, denn er hat sein großes Ziel, die Grenze des Waldes zu erreichen, fest vor Augen. So läuft er, sucht und prüft verschiedene Gegenstände, von denen er denkt, dass sie vielleicht doch für ihr Vorhaben geeignet erscheinen. Leider hält keiner dieser Gegenstände einer Prüfung stand. Allein der Versuch ist es Zenit aber in jedem Fall wert.

So geht Zenit weiter seinen Weg, ohne genau zu wissen, wo sein Ziel sein wird. Es ist durchaus denkbar, dass er am Abend ohne Ergebnis an die verabredete Stelle zurückkehren muss. Bis dahin möchte er alles versucht haben, um für ihr Problem eine Lösung zu finden.

Mittlerweile verändert sich der Wald. Die Bäume, die eben noch wie dschungelartige Bäume mit Lianen ausgesehen haben, werden jetzt zu südseeartigen Palmen, richtig hochgewachsen, mit großen, fächerartigen Blättern. Die Wiese am Boden verschwindet, stattdessen liegt dort feiner, weicher Sand.

Zenit merkt, dass der Sand zwischen seinen Hufen hängenbleibt. „Das ist ja fast so wie in der Wüste", denkt er. Aber wenn es hilft ein entsprechendes Werkzeug für die geplante Brücke zu finden, nimmt er diesen Weg auf sich.

Er sieht auch hier verschiedene Gegenstände, jedoch leider nicht genau solche, nach denen er sucht. Da taucht vor ihm plötzlich mitten in diesem Südseepalmenwald ein Berg aus Stein auf.

Es kommt ihm merkwürdig vor, denn so eine Veränderung der Landschaft hätte er hier nie vermutet. Der Berg zieht ihn magisch an. Er läuft direkt auf ihn zu. Vielleicht findet er ja dort etwas, was ihnen weiterhelfen könnte.

Doch was ist das? Mitten im Berg sieht es nach einer Öffnung aus, fast so, als wäre da eine Höhle. Was scheinbar wie ein Loch aussieht, ist jedoch mit Sand verstopft. Zenit fühlt sich wie magisch zu dieser Sandschicht hingezogen.

Er weiß selbst nicht wirklich warum. Es sieht so aus, als sei der Eingang durch einen Sandrutsch verschüttet worden.

Zenit möchte unbedingt in die Höhle, weil er dort weitersuchen möchte. Mit seinen Händen versucht er, ein Loch in die Sandschicht zu graben. Doch nur wenig Sand rieselt zu Boden. „Es muss ja doch einen Weg hineingeben", denkt sich Zenit.

Vielleicht klappt es mit einem Anlauf. Er geht mehrere Meter zurück. Mit aller Kraft rennt er los, dabei hält er seine Hände gestreckt nach vorne, damit möglichst viel Sand zu Boden fällt. Wahrscheinlich muss er das mehrere Male so versuchen.

Da! Es hat tatsächlich geklappt! Jedoch ist, wie vermutet, nicht genügend Sand zu Boden gefallen, sondern nur ein kleiner Teil.

Es ist auch noch keine Öffnung in der Wand aus Sand zu sehen. Zenit ist nicht mehr zu bremsen.

Er läuft immer wieder an, dabei stößt er andauernd gegen die Wand aus Sand. Jedes Mal rieselt dabei ein wenig mehr Sand herunter. Eine kleine Öffnung entsteht.

„Hilfe!", ertönt da eine Stimme, die Zenit wohl bekannt ist. „Mirabell, bist du es?", ruft Zenit ganz aufgeregt in das Loch. Anscheinend ist Mirabell in der Höhle eingeschlossen. Sie ist von dem Sandsturz überrascht worden und konnte sich selbst nicht wieder befreien.

„Mirabell, ich bin es, Zenit!" Anscheinend hat sie, als er versucht hat, den Eingang der Höhle frei zu bekommen, die Flucht tiefer in die Höhle ergriffen. Zenit erhält keine Antwort. Das Loch ist jedoch immer noch zu klein.

Er schnauft und rennt, dabei macht er immer wieder das Loch größer und größer. Schließlich rennt er mit einer so gewaltigen Kraft dagegen, dass gleich ein ganz riesiges Stück von der Wand aus Sand abbricht. Jetzt gelangt Zenit mühelos durch das Loch in die Höhle.

Ganz am hinteren Ende zusammengekauert am Boden findet er eine verängstigte Mirabell. „Zenit bist du es?", fragt sie ganz verwundert und verwirrt. „Wie hast du mich denn gefunden?"

„Ich bin der Richtung meines Weges gefolgt, dabei bin ich auf den Berg mit der aus Sand verschlossenen Höhle gestoßen. Ich wollte da unbedingt hinein, weil ich dachte, ich finde etwas, womit wir den Steg bauen könnten. Wie bist du hierhergekommen?"

„Bei mir war es ähnlich, ich bin meinem Weg gefolgt, ohne dabei Werkzeuge oder Gegenstände zu finden, die uns helfen könnten. Da bin ich auf diese Höhle aufmerksam geworden. Der Eingang war da noch frei. Die Höhle hat mich irgendwie magisch angezogen und so bin ich hineingegangen. Ich konnte allerdings nichts finden. In der Zwischenzeit ist es in der Höhle völlig dunkel geworden. Da ist dann wohl der Sandsturz passiert. Der Ausgang war versperrt, ich konnte nicht nach draußen gelangen."

Zenit steht nachdenklich da. Sehr aufmerksam hat er den Bericht von Mirabell zugehört. „Das ist Fügung, dass ich dich hier finden und befreien konnte." „Ja, ohne dich hätte ich mich nicht so leicht befreien können."

„Es ist gut, dass wir uns entschlossen haben, miteinander den Weg zu gehen." „Ja, das stimmt", pflichtet Mirabell ihm bei. Gemeinsam verlassen sie den Ausgang der Höhle.

„Wie geht es jetzt weiter?", möchte Mirabell wissen. „Suchen wir nach Werkzeugen oder Gegenständen für unseren Weg?"

„Wir sollten erst einmal an unseren Ausgangspunkt zum Fluss zurückkehren, von wo wir heute Mittag aufgebrochen sind. Merkst du, dass die Sonne langsam untergeht? Ich habe den Eindruck, dass wir heute nicht mehr viel ausrichten können."

Sie laufen durch den Sand über die Grenze, wo die Bäume wieder dschungelartig mit Lianen werden. Die Gegend kommt ihnen jetzt schon wieder mehr vertraut vor. Von Weitem erkennen sie den Fluss.

Wenn sie ihn überqueren könnten, würde sie das einen großen Schritt näher an ihr Ziel bringen.

Nach ein paar Metern stehen sie wieder vor der Stelle, die sie heute Nachmittag verlassen haben. Ihre Situation hat sich bisher nicht verändert. Die letzten Stunden mit ihren Anstrengungen und Mühen sind umsonst gewesen.

Mirabell und Zenit sind ein wenig enttäuscht. „Ich weiß momentan nicht, was wir tun sollen", gibt Mirabell zu. „Mir geht es genauso", antwortet ihr Zenit.

„Wir müssen wohl die erste Nacht am Ufer des Flusses verbringen, den wir nicht überqueren können", stellt er fest. „Es wird ja jetzt auch schon langsam dunkel." Mirabell nickt etwas niedergeschlagen: „Wenn es so ein Problem gibt, ist es bestimmt gut, eine Nacht darüber zu schlafen."

„Wer weiß, vielleicht sieht die Welt morgen ganz anders aus oder eine Lösung kommt von selbst auf uns zu?", vermutet Mirabell. „Wie soll denn eine Lösung auf uns zukommen?", fragt Zenit zurück. „Ich weiß es ja auch nicht, deswegen ist es manchmal wirklich sinnvoll abzuwarten." Zenit nickt, er sagt nichts weiter.

Schweigend richten sie sich einen Platz am Ufer des Flusses für ihr Abendessen her. Sie führen keine wirklich große Unterhaltung, jeder hängt seinen eigenen Gedanken nach.

„Du hast recht, vielleicht kommt die Lösung von selbst auf uns zu", sagt Zenit auf einmal leise. „Ja, oder wir haben morgen eine neue Idee, wie wir weitermachen können, wir sollten nicht aufgeben", bekräftigt ihn Mirabell.

Sie setzen sich nebeneinander auf eine Decke. Gemeinsam beobachten sie den Sonnenuntergang, am Ende des ersten Abends ihres gemeinsamen Weges.

„Ich bereue nicht, mein Zuhause verlassen zu haben", ist Mirabell richtig motiviert. „Es hat keinen Sinn, sich von Schwierigkeiten aufhalten zu lassen", pflichtet Zenit ihr bei.

„Zu jedem Problem gibt es eine Lösung", merkt er an und erkennt, wie müde Mirabell auf einmal geworden ist. „Es ist ja auch kein Wunder", denkt er sich. „Der Tag war aufregend genug, dazu kommt noch das nicht ganz einfache Erlebnis in der Höhle." „Sollen wir unseren Schlafplatz herrichten?", fragt er. „Ja, ich habe nichts dagegen, vielleicht unter den zwei Bäumen, sie haben Baumkronen mit großen Blättern, da sind wir gut geschützt, wenn es zu regnen beginnen sollte", schlägt Mirabell vor.

Gemeinsam bereiten sie ihren Schlafplatz vor. Ein richtiges Gespräch kommt zwischen ihnen jedoch nicht mehr zustande. Viele Eindrücke ihres ersten gemeinsamen Tages auf ihrer Reise müssen erst verarbeitet werden.

Jeder hängt seinen eigenen Gedanken nach, nachdem sie es sich in ihren kuscheligen Schlafsäcken bequem gemacht haben. Ihren Blick haben sie auf die untergehende Sonne gerichtet, jedoch ebenso auf die Gegend, die auf der anderen Seite des Flussufers liegt.

Sie schauen zusammen nach vorne. Das ist ihnen wichtig. So schlafen sie friedlich ein. Die Nacht schlafen sie richtig durch, ohne irgendeine Störung.

Am nächsten Morgen wachen beide frisch und munter auf. Sie schauen sich um. Ihr Schlafplatz und die Gegend, in der sie sich befinden, haben sich über Nacht nicht verändert. Ihre Holzbretter liegen so, wie sie sie gestern Mittag hingelegt haben.

„Wir wollen erst einmal frühstücken, bevor wir uns weiter überlegen, was wir tun sollen, das ist mit vollem Bauch besser", schlägt Zenit vor. Mirabell ist einverstanden. Sie richten sich ihren Platz her.

In dem Augenblick, als sie sich gemütlich zum Essen hinsetzen möchten, passiert es: Mit einem ohrenbetäubenden Lärm stürzt etwas direkt vor ihnen auf den Boden ab. Zenit und Mirabell weichen erschrocken zurück. Sie wissen nicht ganz, wie ihnen geschieht. Beinahe wäre dieses Etwas oder dieses Wesen fast auf ihrer ausgebreiteten Decke gelandet.

Mirabell findet als Erste ihre Sprache wieder: „Wer oder was ist das?", fragt sie. Sie schaut dabei Zenit an und zeigt dann auf das Wesen. Wie es aussieht, ist schwer zu beschreiben.

Es ähnelt einem großen Vogel, zumindest hat es so einen Kopf und so einen Körper, doch die Beine sehen eher aus wie die von einem Krokodil Auch der Schwanz gleicht einem Reptil, er besteht völlig aus Schuppen. Mirabell und Zenit starren das Wesen, das fast in ihrem Frühstück gelandet wäre, fassungslos an.

„Du liebe Zeit, was ist denn jetzt passiert, wo bin ich denn nun schon wieder gelandet?", redet das Vogel-Krokodil verwirrt vor sich hin. „Wer bist du?", fragt Zenit, wobei er all seinen Mut zusammennehmen muss. Bisher sind ihnen keine anderen Wesen auf ihrer Reise begegnet, es ist das erste Mal.

„Ich heiße Vokro", stellt sich das Vogel-Krokodil vor. „Wer seid ihr?", fragt er jetzt neugierig und weniger ängstlich. Er hat festgestellt, dass die beiden auch nicht viel mutiger sind als er. „Wir sind Mirabell und Zenit", übernimmt Zenit die Vorstellung. „Wir sind unterwegs zu der Grenze des Waldes", erklärt er Vokro.

„Zu der Grenze des Waldes", wiederholt Vokro. „Da war ich noch nie und da möchte ich auch nie hin. Hier im Wald ist meine Heimat, hier habe ich alles, was ich brauche. Was wollt ihr denn bei der Grenze des Waldes machen?", erkundigt sich Vokro. „Wir möchten eben wissen, was sich dort befindet und ob wir dort ein ebenso gutes Leben führen können wie hier im Wald", erklärt Zenit.

Vokro ist richtig nachdenklich geworden: „Ich kann es mir nicht vorstellen, dass es irgendwo ein besseres Leben gibt als hier oder ein zumindest ebenso gutes." „Hast du schon einmal danach gefragt oder danach gesucht?", möchte Mirabell wissen. „Nein, ich war hier immer zufrieden, ich brauche nichts anderes, die Frage hat sich für mich nie gestellt", gibt Vokro zu.

„Ich wollte diesen Wald immer schon verlassen", erzählt Zenit. „Ich war nie richtig glücklich mit meinem bisherigen Leben."

„Mir geht es genauso", pflichtet Mirabell ihm bei. „Mir war mein bisheriges Leben zu eintönig, wir sind noch gar nicht so lange unterwegs und schon ist es voller Abenteuer", stellt Mirabell fest.

„Wir haben nur ein Problem", bemerkt Zenit. „Wir kommen nicht über den Fluss. Wir haben schon begonnen, einen Steg zu bauen, doch uns fehlt das notwendige Material, um ihn fertig zu stellen. Weißt du vielleicht, wo wir hier etwas Passendes finden können?"

„Ihr braucht kein Werkzeug, ihr habt doch mich", stellt Vokro ganz ohne Bedenken fest. „Wie soll denn das funktionieren?", fragt Mirabell ganz verwirrt. Zenit scheint ebenfalls irritiert zu sein. „Ganz einfach, ich bringe euch nacheinander über den Fluss. Für mich ist das kein Problem." „Sollen wir uns auf deinen Rücken setzen?", fragt Zenit richtig erschrocken.

„Nein, ihr könnt euch mit beiden Händen an meinem Schwanz festhalten und ihr gelangt in kürzester Zeit über den Fluss." „Sind wir dir nicht zu schwer?", möchte Mirabell besorgt wissen.

„Nein, ich habe richtig Kraft im ganzen Körper, ich habe schon ein paar Mal verschiedene Wesen transportiert." Mirabell und Zenit beginnen zu staunen. Da scheint die Lösung ihres Problems wohl direkt vor ihnen gelandet zu sein. Um die herumliegenden Holzbretter für ihren Steg machen sie sich keine Gedanken mehr.

„Wir wollen keine Zeit verlieren", bemerkt Zenit. „Frühstücken können wir später immer noch. Was meinst du Mirabell? Ich denke, wir sollten aufbrechen." Mirabell stimmt ihm zu. Gemeinsam packen sie ihre Sachen wieder ein, um sich flugfertig zu machen.

„Seid ihr bereit?", fragt Vokro, nachdem sich beide ihre Rucksäcke auf den Rücken geschnallt haben. „Ja!", kommt es wie aus einem Mund. „Wer möchte zuerst?" „Mirabell, ich lasse dir den Vortritt, dann hast du es gleich hinter dir" sagt Zenit und tritt ein paar Schritte zurück.

Mutig tritt Mirabell nach vorne und fragt Vokro: „Wo soll ich mich festhalten?" „Richtig fest an meinem Schwanz, dann kann es losgehen und es kann nichts passieren."

Vokro dreht sich um. Mirabell wählt eine Stelle eher in der Mitte, damit sie nicht abrutschen kann. Es ist zwar keine weite Strecke über den Fluss, aber man kann ja nicht wissen, welche Probleme auftreten können.

„Achtung, aufpassen, es geht los!", ruft Vokro. Sanft hebt er sich in die Luft. Seine Flügel schlagen langsam auf und ab, als sie die kurze Strecke über den Fluss fliegen.

Mirabell schaut nicht nach unten, sie richtet ihren Blick fest auf den gefiederten Rücken von Vokro.

Beide sind heil auf der anderen Seite des Flusses angekommen. „Okay, jetzt kommt der Zweite", ruft Vokro. Er ist schon wieder auf dem Rückflug. „Wie schnell es geht!", denkt sich Mirabell.

Vokro und Mirabell stehen sich jetzt auf jeweils einer Seite des Flusses gegenüber und sie sehen einander in die Augen. Er hat einen sympathischen Blick, das muss Mirabell zugeben.

Sie erkennt ebenfalls, wie Zenit sich genauso mit einem kräftigen Griff am Gefieder festhält. Wie sein Gesichtsausdruck aussieht, kann sie nicht wahrnehmen, weil Vokro sich schon wieder in die Luft erhebt. Im nächsten Augenblick ist Vokro mit Zenit sicher neben ihr gelandet.

„Danke schön!", rufen beide wie aus einem Mund. „Das war doch eine Kleinigkeit für mich!", erklärt Vokro.

„Ihr beiden Hübschen, ich muss weiter, passt gut aufeinander auf!", ruft Vokro. Dann schwingt er sich in die Luft.

„Vielen Dank für alles, Vokro!", rufen Mirabell und Zenit ihm nach.

„Wir haben sehr viel Glück gehabt", bemerkt Zenit. „Das stimmt!", pflichtet Mirabell ihm bei. „Wir müssen dankbar sein, so leicht wird es auf unserer Reise nicht immer gehen."

„Das denke ich auch, aber wir machen uns nicht schon über Schwierigkeiten Sorgen, die noch gar nicht da sind. Jetzt können wir in Ruhe frühstücken, wir haben nicht so viel Zeit verloren. Es ist sehr schnell gegangen."

Erleichtert über ihr gut überstandenes Abenteuer setzen sie sich, um richtig zu frühstücken.

„Wollen wir heute wieder eine große Strecke unseres Weges weitergehen?", fragt Mirabell. „Natürlich! Je eher wir die Grenze des Waldes erreichen werden, umso besser. Ich denke nur, wir werden noch ein Weilchen dafür brauchen. Es wird nicht so schnell gehen, außer wir treffen wieder auf so eine tatkräftige Unterstützung wie Vokro."

„Wir werden sicher nicht oft auf solche Wesen dieser Art treffen", bemerkt Mirabell realistisch.

„Wir müssen einfach Glück haben und daran glauben", entgegnet Zenit. Gemeinsam packen sie ihre Sachen, um sich auf die nächste Etappe ihres Weges zu machen.

Ohne noch einmal auf den Fluss und die Schwierigkeiten, die dadurch entstanden sind, zurückzuschauen, machen sie sich wieder auf den Weg in den tiefen, dunklen Wald hinein.

Sie laufen und laufen, ohne wieder auf ein Lebewesen in diesem Wald zu treffen. Sie fragen sich immer wieder, wann sie ihr Ziel, die Grenze des Waldes, erreichen würden. Ebenso ist nicht abschätzbar, wie weit sie noch davon entfernt sind und welche Wegstrecke sie noch zu bewältigen haben.

„Da wäre es doch gut, wenn wir jemanden treffen würden, den man fragen kann", stellt Zenit nach einiger Zeit fest.

„Ja!", pflichtet Mirabell ihm bei. „Wenn dieser Jemand darüber Bescheid weiß, dann wäre es gut. Wenn du dich an Vokro erinnerst, er wusste nichts darüber und ist auch noch nie dort gewesen. Es scheint nicht viele Lebewesen zu geben, die darüber Auskunft geben können."

„Wir warten ab und laufen eben einfach weiter", stellt Zenit fest. „Es wird uns nichts anderes übrig bleiben." Mirabell ist sehr realistisch eingestellt. Sie weiß durchaus, auf welches Abenteuer mit all den damit verbundenen Risiken sie sich eingelassen hat.

„Um die Mittagszeit können wir wieder eine Pause machen", schlägt Zenit vor. „Wir können ruhig noch weiterlaufen, dann ist der Nachmittag nicht so lange", ist Mirabell noch immer nicht zu bremsen. „Ja, ich denke, dass wir heute nicht am Ziel unserer Reise ankommen werden, deswegen müssen wir uns unsere Kräfte gut einteilen."

„Du hast recht", lenkt Mirabell ein. „Ich richte mich mit der Pause nach dir." „Außerdem findest du immer so schöne Plätze", sagt sie schwärmerisch. „Sehen wir einmal, ob es heute wieder genauso ist."

Mit der Zeit beginnt sich der Wald wieder zu verändern. Langsam kommen sie aus dieser Wüste mit den Südseepalmen hinaus. Sie merken es deutlich. Doch die neue Gegend wird nicht gerade angenehmer.

Es wird hier schwierig werden, einen geeigneten Platz für ein Mittagessen zu finden. Der Boden wird immer schlammiger, fast so wie in einem Moor. Die Bäume haben mittlerweile keine Baumkronen mehr, sie sehen richtig kahl, fast so wie abgestorben aus.

„Mir klebt schon so viel Matsch an den Hufen, ich wäre jetzt doch für eine Pause." Mirabell ist ungewöhnlich ruhig geworden, weil die Wegstrecke immer schwieriger zu bewältigen ist. „Das können wir gerne machen, aber ich sehe hier weit und breit keinen guten Platz zum Ausruhen", sagt Zenit. „Seit wir hier in dieser schlammigen Gegend gelandet sind, bin ich überhaupt nicht mehr wählerisch, wie der Platz auszusehen hat. Die Hauptsache ist doch, dass er trocken ist, sodass wir unsere Decken ausbreiten können. Doch einen solchen Ort zu finden, daran ist gerade überhaupt nicht zu denken."

„Wir müssen durchhalten und weiterlaufen und uns immer wieder umschauen", bemerkt Mirabell. „Etwas anderes bleibt uns gerade nicht übrig." „Wir können kaum noch etwas sehen", meint Zenit.

Der Nebel hat sich in der Zwischenzeit verdichtet. Die Sonne ist komplett hinter den Wolken verschwunden. Die Matschgegend wird immer nässer und schlammiger. Ein Vorwärtskommen ist derzeit ziemlich schwierig.

Mirabell hat Angst, dass sie im Schlamm steckenbleiben könnten, sie spricht diese Sorge jedoch nicht an, um Zenit nicht zu verängstigen. Sie müssen nun immer größere Schritte machen, um überhaupt vorwärts zu kommen.

Sie sehen weder, wo sie laufen, noch wie die Beschaffenheit des Bodens ist. Plötzlich ruft Zenit: „Ich komme nicht mehr weiter, ich stecke fest!" „Wo bist du?", fragt Mirabell und dreht sich orientierungslos hin und her.

Sie muss dabei sehr aufpassen, dass sie nicht ebenfalls steckenbleibt. Sie tastet sich mit ihren Händen an Zenit heran, eine andere Möglichkeit hat sie gerade nicht. „Ich habe dich, ich kann dich spüren!" „Es nützt dir nur nicht viel. Du kannst mich nicht herausziehen, sonst bleibst du ebenfalls stecken."

Sie befinden sich wieder einmal in einer ausweglosen Lage. „Was können wir jetzt machen?", fragt Mirabell verzweifelt. „Auf jeden Fall nicht aufgeben!", versucht Zenit sie aufzumuntern. „Vielleicht müssen wir einfach nur abwarten, bis sich die Situation hier wieder entspannt."

„Wie soll sie sich denn entspannen?", fragt Mirabell ganz verzweifelt. „Hast du nicht bemerkt, dass sowohl der Nebel als auch der Schlamm und der Matsch sich ständig verändern?", fragt Zenit zurück. „Ja, ich habe bemerkt, dass es immer schlimmer und schwieriger wird." „Es bleibt aber nicht so, wie es ist. Ich würde sagen, wir warten jetzt einfach ab. Entweder es kommt Hilfe oder wir kommen von selbst wieder weiter, wenn der Nebel sich lichtet und der Schlamm trockener wird."

Die ganze Situation ist Mirabell überhaupt nicht geheuer, auch deswegen, weil sie nichts anderes tun können, als abzuwarten.

Sie beobachtet ihre Umgebung genau. Zenit hat recht: Hier ist eine ständige Veränderung der Natur bemerkbar und sichtbar. Eben hat es noch dichten, undurchdringlichen Nebel gegeben, jetzt lichtet er sich langsam. Sie merken auch, dass die Schlammstellen langsam weniger werden. „Du hast recht", sagt Mirabell, „hier verändert sich alles ständig." „Wenn du dich wieder bewegen kannst, sollten wir uns beeilen, von hier wegzukommen, nicht dass noch einmal jemand von uns steckenbleibt."

So, wie sie es vermuten, geschieht es auch. Mit der Zeit trocknen die feuchten Stellen, sodass Zenit seine Beine und Hufe langsam wieder bewegen kann. Sie können nur kleine Schritte machen, aber sie kommen vorwärts. Zenit steckt nicht mehr fest. Der Nebel lichtet sich und die Sonne kommt auch schon zum Vorschein.

Die Bäume sehen nach wie vor nicht schön aus, sie scheinen richtig abgestorben zu sein. „Was ist das nur für ein Waldstück, so etwas Trostloses habe ich noch nie gesehen", stellt Zenit fest.

„Wir können nur hoffen, dass wir bald wieder in eine freundlichere Gegend gelangen und dass wir auch niemandem begegnen", wirft Mirabell ein. „Wer weiß, vielleicht sind die Wesen hier uns auch nicht wohlgesonnen, so wie die Umgebung."

Plötzlich ertönt ein ohrenbetäubendes Geräusch. Es hört sich so an, als ob die Erde in ihren Grundfesten erzittern würde. Abrupt bleiben Zenit und Mirabell stehen. „Was ist das nur, sollen wir uns irgendwo verstecken?", fragt Mirabell verängstigt.

„Wo willst du dich hier verstecken?" „Hier ist weit und breit nichts, nur diese Moorlandschafft mit den gruseligen Bäumen", stellt Zenit fest. Sie haben keine Ahnung, woher dieses furchtbare Geräusch kommt, geschweige denn, was es zu bedeuten hat.

Da fährt mitten aus dem Morast so etwas wie ein gewaltiger Berg auf. Er wächst und wächst und er versperrt Zenit und Mirabell den Weg. Er wird immer höher und mittendrin wird ein großes Loch sichtbar. „Wir gehen nicht in diese Höhle, nicht dass wir wieder verschüttet werden!", bemerkt Mirabell ängstlich.

„Ich habe es nicht vor, doch wie kommen wir an dem Berg vorbei, ohne dass wir darüber klettern müssten?" „Ich weiß es nicht", sagt Mirabell mit zittriger Stimme. „Wir sollten auf alle Fälle einmal abwarten, ob noch mehr geschieht oder ob es bei dem Auftauchen des Berges bleibt."

Wie richtig vermutet, geht es mit Veränderungen weiter. Aus dem Inneren der Höhle ist ein Geräusch zu hören. Es klingt so, als ob gerade jemand aufwachen würde. „Hier gibt es doch Lebewesen!", stellt Mirabell fest. „Was können wir jetzt tun?" „Nichts!", antwortet Zenit. „Wir stellen uns auf eine Begegnung ein."

„Was hat mich denn hier aus meinem Winterschlaf geweckt?", tönt es aus dem Inneren der Höhle. „So etwas ist in den letzten 100 Jahren nicht vorgekommen! Wer ist da?"

„Wir sind Mirabell und Zenit!", beginnt Zenit mutig eine Unterhaltung mit dem unbekannten Wesen. „Wir sind unterwegs zu der Grenze des Waldes. Jetzt wissen wir nicht, wie wir weiterkommen können, weil du aufgetaucht bist."

Aus der Höhle ist jetzt ein gewaltiges Windrauschen zu hören, als ob etwas oder jemand in eine kräftige Bewegung gerät.

Es erscheint ein Riesenkopf, der auf einem langen, schlangenartigen Hals mit schuppiger Haut sitzt. Zwei hellgelbe, stechende Augen starren Mirabell und Zenit funkelnd entgegen.

„Ihr seid also Mirabell und Zenit", wiederholt der schlangenartige Kopf. „Ja, wer bist du?", fragt Zenit ganz selbstverständlich so, als ob er eine neue Bekanntschaft machen würde. „Ich bin Schischla, die Schildkröten-Schlange!", stellt sich das seltsame Wesen vor. „Warum weckt ihr mich aus meinem Winterschlaf?", möchte Schischla wissen.

„Wir sind hier nur entlanggelaufen, wir wussten nichts von dir, wir sind wie gesagt unterwegs zu der Grenze des Waldes", erklärt Zenit. „Zu der Grenze des Waldes? Sie interessiert mich überhaupt nicht! Da gibt es bestimmt weder Schlamm noch Morast, wo ich in Ruhe Winterschlaf halten könnte." „Was wollt ihr denn dort?", erkundigt sich Schischla.

„Wir möchten herausfinden, was sich jenseits der Grenze dieses Waldes befindet und, ob man dort ebenfalls gut leben kann", erzählt Zenit. „Ich kann mir nicht vorstellen, dass ich woanders genauso gut leben könnte, wie hier in meinem Moor ich bleibe hier!", erwidert Schischla.

„Ja, wir würden aber gerne weitergehen, jetzt wissen wir nur nicht, wie wir an dir vorbeikommen sollen." „Möchtest du nicht deinen Winterschlaf weiter halten?", versucht Mirabell listig, Schischla dazu zu bewegen, sich wieder in den Schlamm zu versenken.

„Ihr habt mich geweckt, jetzt bin ich aus meinem Schlafrhythmus herausgeworfen worden. Ich kann jetzt nicht so einfach sofort wieder einschlafen. Außerdem habe ich zwei so seltsame Wesen wie euch zuvor noch nie getroffen! Ich muss das jetzt erst einmal verarbeiten. So schnell werde ich bestimmt nicht müde."

„Wir verstehen es. Wir hoffen, dass du uns ebenfalls verstehst, dass wir weiterziehen müssen! Wir möchten nicht so viel Zeit verlieren." „Wie können wir jetzt an dir vorbeikommen, wenn du wach bleiben möchtest?", stellt Zenit die alles entscheidende Frage.

„Ihr habt es aber sehr eilig!", stellt Schischla fest. „Warum bleibt ihr nicht noch ein bisschen und wir unterhalten uns gemütlich? Ich habe so selten Gesellschaft. Wenn ihr wirklich weitergehen wollt, dann müsst ihr schon den Weg über meinen Schildkrötenpanzer auf euch nehmen!"

„Dein Schildkrötenpanzer, wo ist er?", fragt Mirabell irritiert und schaut sich suchend um. „Der Berg!", flüstert Zenit ihr zu. „Oh!", macht Mirabell, der es jetzt erst auffällt, dass der Berg zu Schischla gehört. Er ist ihr Schildkrötenpanzer, den sie immer mit sich trägt.

„Müssen wir wirklich über den Berg?", fragt Mirabell leise. Schischla hat das jedoch gehört. „Ihr müsst ja nicht über mein Haus klettern!", antwortet sie bestimmt. „Wartet einfach so lange, bis ich müde werde und wieder im Schlamm versinke."

„Wann denkst du, dass da der Zeitpunkt gekommen sein wird?", möchte Zenit wissen. „Das kann ich vorher nie so genau sagen, ich bin schließlich aus einem tiefen Winterschlaf geweckt worden. Aber ich habe selten Kontakt mit anderen Lebewesen, ihr könntet mir ruhig die Zeit etwas vertreiben."

Schischla ist ganz aufgeregt, dass sie vielleicht noch Gesellschaft haben wird. „Ich denke, wir sollten so bald wie möglich weiter", sagt Zenit. Er hat sein Ziel stets fest vor Augen.

„Aber Schischla ist doch sonst immer allein, wir könnten ihr wirklich noch Gesellschaft leisten", schlägt Mirabell vor. Sie hat mit Schischla Mitleid.

„Ja, bitte bleibt bei mir, bis ich von selbst wieder in meinen Winterschlaf versinke. Das kann zwar etwas dauern, aber dafür müsst ihr nicht den anstrengenden Weg auf euch nehmen." Schischla macht es Mirabell und Zenit so schmackhaft wie möglich.

„Wir könnten noch eine Zeit lang bleiben", lenkt Zenit ein. Schischlas Augen beginnen zu leuchten. „Doch wir können bestimmt nicht so lange da sein, bis du wieder müde wirst, wer weiß, wann das sein wird", setzt er hinterher.

„Ja gut", gibt Schischla ein wenig enttäuscht zu. „Setzt euch doch!" „Wo sollen wir uns denn hier hinsetzen?", fragt Mirabell und schaut sich dabei suchend um. „Natürlich auf meinen Schildkrötenpanzer!", fordert Schischla die beiden auf.

„Sind wir dir denn nicht zu schwer?", fragt Mirabell etwas verunsichert. „Zu schwer? Ihr seid Fliegengewichte für mich.

Hier auf der einen Seite sind zwei Baumstämme nebeneinander." „Da könnt ihr ganz bequem sitzen und ich kann euch gut sehen!", erklärt ihnen Schischla.

Vorsichtig steigen Mirabell und Zenit auf Schischlas Schildkrötenpanzer. Es ist gar nicht so schwer, wie sie gedacht haben. Mit einem großen Schwung sind sie oben.

Sie entdecken gleich die beiden nebeneinanderliegenden Baumstämme, von denen Schischla gesprochen hat. Sie setzen sich darauf und stellen fest, dass es sich wirklich bequem anfühlt.

„Vielleicht ist es gut, sich noch eine Zeit lang auszuruhen", bemerkt Zenit. „Das finde ich auch", stimmt ihm Schischla zu. „Zu der Grenze des Waldes kommt ihr noch früh genug, sie läuft nicht weg!"

„Was denkst du, wie weit ist es bis zu der Grenze von hier aus?", möchte Zenit in Erfahrung bringen.

„Ich weiß es nicht, ich war immer hier in dieser Moorlandschaft, seit ich denken kann. Ich kenne nichts anderes. Ich habe nie eine andere Umgebung sehen wollen."

„Das ist seltsam, dass wir die einzigen Wesen weit und breit zu sein scheinen, die sich schon die ganze Zeit gefragt haben, was sich wohl jenseits der Grenze des Waldes befindet", ist Mirabell richtig nachdenklich geworden.

„Ich bin mir immer noch sicher, die richtige Entscheidung getroffen zu haben!", bekräftigt Zenit seinen Entschluss.

„Ich mir doch auch!", pflichtet Mirabell ihm bei. „Es stimmt mich nur nachdenklich, dass bis jetzt alle anderen Lebewesen, denen wir begegnet sind, in ihrem ganzen Leben diesen Wunsch nicht verspürt haben."

„Das entspricht eben unserem Wesen", merkt Zenit an. „Das kann ich bestätigen!", beteiligt sich jetzt Schischla wieder am Gespräch, die bis jetzt interessiert zugehört hat. „Erzählt doch, wie hat euer letztes Zuhause ausgesehen? Habt ihr schon immer zusammengelebt?"

„Nein!", antwortet Zenit bestimmt. „Ich habe in einer Höhle in einem anderen Teil dieses Waldes gewohnt. Es war sicher ein gutes Leben, jedoch viel zu eintönig, immer mit den gleichen

Abläufen, außerdem war ich Tag für Tag allein. Ich wollte schon immer wissen, was sich jenseits der Grenze dieses Waldes befindet. So bin ich nach längeren Überlegungen zu dem Entschluss gekommen, meine Höhle zu verlassen, um die Grenze des Waldes und unbekannte Gegenden zu erforschen. An den beiden Tagen, an denen ich meine Abreise vorbereitet habe, lernte ich Mirabell kennen, sie hat sich von meiner Idee anstecken lassen." „Erzähl doch du einmal, wie du vorher gelebt hast und wie du dazu gekommen bist, mitzugehen", fordert Zenit Mirabell jetzt auf.

„Ich habe nicht in einer Höhle, sondern in einer kleinen Hütte im Wald gelebt, anscheinend gar nicht weit von Zenit entfernt, doch sind wir uns all die Jahre nicht über den Weg gelaufen. Bei mir ist es ein bisschen anders gewesen. Ich habe ebenfalls ein sehr eintöniges Leben geführt, es war soweit alles gut, doch mir hat immer etwas gefehlt. Ich wusste jedoch nie richtig, was es war. Für die Grenze des Waldes habe ich mich nie wirklich interessiert. Erst Zenit hat mein Interesse daran geweckt. Nachdem ich erfahren hatte, dass es noch jemanden gibt, der seine gewohnte, alltägliche Umgebung aufgeben möchte, habe ich mich spontan entschlossen zu fragen, ob ich mit Zenit mitziehen darf. Der Gedanke war für ihn neu, er musste damit erst einmal zurechtkommen. Aber er hat sich dafür entschieden, mich mitzunehmen, wofür ich bis heute sehr dankbar bin! So ganz auf sich allein gestellt, kann man doch immer wieder in Gefahren kommen, denen man zu zweit vielleicht eher gewachsen wäre."

„Das ist richtig!", pflichtet Zenit ihr bei. „Denn auf so einem Weg treten immer wieder Abenteuer, Hindernisse und Herausforderungen auf und in solchen Fällen ist es immer gut, jemanden dabei zu haben. So kann man sich gegenseitig helfen und unterstützen."

Schischla ist bei diesen beiden Erfahrungsberichten richtig nachdenklich geworden. „Demnach ist es nicht gut, immer nur am gleichen Ort zu sein?", fragt Schischla neugierig. „Muss das Leben Abwechslungen bieten und sich ständig verändern?"

„Das ist doch kein geschriebenes Gesetz, sondern jeder sollte das tun, was für ihn gut und passend ist!", erklärt Zenit. „Ja, da ist etwas dran", antwortet Schischla. „Ich habe jedenfalls gar nicht das Verlangen, in eine andere Gegend zu ziehen. Ich möchte auch keine Abenteuer erleben." „Niemand sagt, dass du das musst", erklärt Zenit. „Wir haben es als eine Möglichkeit erkannt, unser Leben so zu gestalten. Du wählst eine andere."

„So könnte man es sehen", stimmt Schischla zu. „Erzähl doch einmal etwas von dir, was machst du denn den ganzen Tag?", möchte Mirabell wissen.

„Mein Tag ist nicht aufregend, oft verläuft er immer gleich", beginnt Schischla zu erzählen. „Morgens stehe ich früh auf, damit ich den Tag nutzen kann. Erst einmal frühstücke ich in aller Ruhe, dann mache ich mich auf den Weg. Bei mir geht alles jedoch langsam voran, ich kann nicht so schnell kriechen. Ich gehe zu einer Stelle im Wald, wo es genügend Blätter, Eicheln und Kastanien gibt. Ich sammle sie ein, damit ich für ein paar Tage Vorräte habe." Schischlas Tag ist sicher nicht aufregend. Sie versucht, das Beste daraus zu machen. „Hast du denn Kontakt zu anderen Lebewesen im Wald?", fragt Zenit. „Kannst du genügend Gespräche und Unterhaltungen führen?"

„Ich spreche nie mit anderen Lebewesen, ich bin immer allein", erklärt Schischla. „Das wäre mir viel zu langweilig", bemerkt Mirabell. „Ich brauche den Kontakt und das Gespräch mit den anderen." „Ich kenne es nicht anders, es stört mich nicht", erklärt Schischla. „So kann ich meinen eigenen Gedanken nachgehen."

„Es ist aber nicht das erste Mal in deinem Leben, dass du mit einem anderen Lebewesen sprichst, oder?", fragt Zenit. „Hast oder hattest du Eltern?" „Ja, wir waren eine große Familie, lange Zeit lebte ich mit Mama, Papa und meinen acht Geschwistern zusammen", erzählt Schischla. „Was ist aus ihnen geworden?", erkundigt sich Mirabell.

„Mama und Papa sind verstorben. Meine Geschwister haben alle geheiratet und sie haben diesen Wald verlassen. Sie sind so wie ihr. Ihnen war es hier zu langweilig oder eintönig, wie ihr es nennt. Wie gesagt, ich kenne diese Worte gar nicht, deswegen hat es mich nie weggezogen, ich bin immer hiergeblieben."

„Ich war vorher auch sehr viel allein, ich habe wohl verschiedene Kontakte zu unterschiedlichen Lebewesen in unserem Wald gehabt, aber es war nicht so, dass ich Tag und Nacht mit einer Person zusammen gewesen wäre", erzählt Zenit und sieht dabei Mirabell an. Sie lächelt zurück.

„Bei mir ist es ja auch so, dass ich von Natur aus fast vier Monate im Winter einen tiefen Winterschlaf halten muss", erzählt Schischla. „Dadurch werden meine Abwehrkräfte und mein Immunsystem gestärkt. Deswegen bin ich auch fast nie krank."

Mirabell und Zenit staunen. „So viel könnte ich gar nicht schlafen", meint Mirabell. „Als ich noch zu Hause gelebt habe, war ich eine richtige Nachtschwärmerin. Ich war einfach nicht dazu bereit, ins Bett zu gehen, oft erst sehr spät, als es fast schon wieder Morgen war. Bei mir stellt sich der Rhythmus jetzt erst richtig um."

„Was hat du denn die halbe Nacht gemacht?", erkundigt sich Schischla. „Für mich ist die Nacht zum Schlafen da!" „Ich habe gehandarbeitet, gestrickt, gestickt und auch viel gelesen", erzählt Mirabell. „Fehlt es dir jetzt?", fragt Zenit. „Nein, gar nicht, ich wollte eine Veränderung haben. Wenn ich es vermisse, kann ich jederzeit wieder damit anfangen, auch wenn ich nicht mehr zu Hause bin."

Während des ganzen Gesprächs bemerken Mirabell und Zenit keine Anzeichen dafür, dass Schischla wieder müde wird und sich zum weiterschlafen bereitmacht. Aber sie sehen, wie sich unter ihnen sowie um sie herum der Zustand der Umgebung immer wieder verändert. Jetzt wird es wieder besonders neblig und die Sonne am Himmel verschwindet völlig. Auch der Zustand des Bodens verändert sich wieder, er wird total schlammig, sodass beide froh sind, auf Schischlas trockenem Schildkrötenpanzerhaus zu sitzen.

Immer wieder kommt die Sonne aber auch zum Vorschein. Dann lichtet sich der Nebel und der Boden trocknet. Schischla kann natürlich nur im Schlamm versinken, wenn er schön nass und feucht ist. So versuchen Mirabell und Zenit, die Zeit noch ein wenig mit Plaudern zu überbrücken.

Schischla ist gerade dabei, etwas aus ihrer Kindheit zu erzählen. Mirabell und Zenit können schon gar nicht mehr richtig zuhören. Die Erzählung beginnt sie mittlerweile schon zu langweilen. „Es ist bald soweit!", zischelt Mirabell zu Zenit hinüber. Zenit zwinkert ihr zu. „Laufen wir unten auf dem Boden oder gehen wir über den Berg, wenn es soweit ist?", flüstert Mirabell.

„Wir sollten versuchen, über den Berg zu laufen, da ist es trocken", antwortet Zenit leise. „Ich habe gesehen, dass es momentan wieder sehr matschig ist, da könnten wir steckenbleiben."

Mirabell und Zenit springen auf. „Es geht los!", ruft Zenit. „Pst!", flüstert Mirabell. „Nicht dass Schischla wieder aufwacht."

Der Berg beginnt zu ruckeln und langsam im Matsch zu versinken. Ohne sich noch einmal abzusprechen, laufen beide los, den Hügel hinauf. Am Beginn ist es ein riesiger Hang und die Strecke erscheint unendlich weit.

Doch je tiefer der Berg im Schlamm versinkt, desto kürzer wird der Weg zum Gipfel und damit der Weg auf die andere Seite hinunter.

Der Schildkrötenpanzerberg versinkt die letzten Meter im Schlamm. Mirabell und Zenit können ihr Gleichgewicht nicht mehr halten. Wie auf einer Rutschbahn schlittern sie die letzten Meter hinunter und landen schließlich unsanft auf ihrem Hinterteil mitten im Schlamm, der zum Glück nicht ganz so matschig ist, sodass sie gleich wieder aufstehen können.

„Das ist jetzt aber schnell gegangen!", bemerkt Mirabell ganz außer Atem. „Ja, Schischla hat doch früher als gedacht in ihren Winterschlaf zurückgefunden", bestätigt Zenit.

„Sollen wir weitergehen?", fragt Mirabell ganz beunruhigt. „Nicht dass wir wieder steckenbleiben!"

„Naja, hierbleiben können wir jedoch auch nicht, sonst hängen wir bestimmt fest, wenn der Matsch wieder zu trocknen beginnt."

Beide machen sich auf und versuchen vorwärts zu kommen. Es gelingt ihnen ganz gut. Sie merken momentan nichts von einer zunehmenden Verschlammung.

„Wie lange werden wir denn noch im Moor sein?", fragt Mirabell. „Du musst immer bedenken, dass es unter Umständen sehr schnell gehen kann, dass wir wieder in eine andere Landschaft kommen", rät ihr Zenit. „Da drüben, da ist ein Baum mit einem kleinen Stück Wiese!", ruft Mirabell auf einmal. „Ich denke, es ist ein guter Platz zum Essen. Wir haben heute noch gar nichts gegessen, auch aufgrund der Begegnung mit Schischla." „Ja, eine gute Idee, setzen wir uns, da sind wir vor der Nässe geschützt!", pflichtet ihr Zenit bei.

Sie breiten ihr Tuch auf der Wiese aus, das sie an diesem Tag tatsächlich noch nicht verwendet haben. Es ist Mirabell und Zenit anzusehen, dass sich beide über diese angenehme Unterbrechung freuen.

So lassen sie es sich richtig schmecken. Dabei beobachten sie die sich immer wieder verändernde Moorlandschaft. „Wie kommen wohl die Lebewesen, die hier dauerhaft ihr Zuhause haben, mit der sich ständig ändernden Beschaffenheit ihrer Umgebung zurecht?", fragt Mirabell.

„Sie haben sich bestimmt schon daran gewöhnt oder kennen es gar nicht anders", bemerkt Zenit. „Ich denke, dass es für uns ungewohnt ist." „Ich hoffe, der Wald wechselt bald wieder in eine beständigere Gegend oder noch besser: wir erreichen die Grenze des Waldes", wirft Mirabell ein. „Sobald denke ich nicht, in zwei oder drei Tagen können wir einmal danach Ausschau halten", meint Zenit.

Nach dem Essen räumen sie ihren Platz auf, verstauen ihre Gegenstände in ihren Rucksäcken und machen sich auf, um weiterzuziehen. „Wenn wir wenigstens bald aus dem Moor herauskommen würden", klagt Mirabell.

„Es kann durchaus sein, dass es nicht mehr so lange dauert, ich denke, wir müssen schon noch Geduld haben. Es ist ja auch noch nicht einmal der Abend des zweiten Tages da, seit wir fort sind."

Frisch gestärkt machen sie sich auf, immer der Richtung folgend, die sie eingeschlagen haben, doch die Gegend verändert sich vorerst nicht. Manchmal wären sie beinahe wieder steckengeblieben.

Immer wenn sie kurz davor sind steckenzubleiben, bleiben sie einfach stehen und warten ab. Sie haben gelernt, sich auf die ständig verändernde Umgebung einzustellen und mit dieser Situation umzugehen.

Auf dieser Wegstrecke begegnen sie keinem Lebewesen. Es ist aber auch eine sehr trostlose Gegend, sie können sich nicht vorstellen, dass hier jemand freiwillig leben möchte. Dass Schischla es hier aushält, liegt sicher daran, dass sie ohnehin die meiste Zeit schläft.

Sie merken, wie der späte Nachmittag vorübergeht. Es wird langsam Abend. „Wo sollen wir nur schlafen?", macht sich Mirabell Sorgen.

„Wir werden schon einen geeigneten Platz finden. Denke doch an das Mittagessen, da wussten wir es zuerst auch nicht. Der Ort ist einfach aufgetaucht." „Das stimmt!", muss Mirabell zugeben.

So laufen beide weiter und bleiben einfach stehen, wenn sie vermuten, stecken zu bleiben. Die Sonne geht schon bald unter. „Ich habe Hunger, doch leider sehe ich keinen guten Platz für eine Mahlzeit", stellt Mirabell fest.

„Wir werden etwas Geeignetes finden", beruhigt Zenit. Doch die Befürchtungen der beiden bewahrheiten sich. Es wird dunkel, ohne dass sie einen Platz zum Essen und Schlafen oder überhaupt das Ende der Moorgegend gefunden hätten. „Was sollen wir nur machen?", fragt Mirabell. „Ich kann bald nicht mehr weitergehen", erklärt sie ganz ungewohnt, obwohl sie sonst immer die Motivierteste ist. „Ich weiß es nicht", gibt Zenit zu. „Ich denke nur, dass wir nicht einfach hierbleiben können."

„Das sehe ich auch so, hier im Matsch können wir bestimmt nicht schlafen", stapft Mirabell mühsam vorwärts. Mittlerweile ist die Sonne untergegangen und es ist vollkommen dunkel geworden. Sie sehen keinen Weg mehr und wissen nicht, wie die Beschaffenheit des Bodens vor ihnen aussieht. „Wenn sich nicht bald etwas verändert, dann bleibe ich einfach hier an der Stelle, wo ich gerade bin", erklärt Mirabell trotzig.

„Du weißt doch, das kann gefährlich für dich werden. Wir geben nicht auf, das hast du selbst gesagt." Zenit geht es jedoch auch nicht anders, er ist kurz vor dem Umkippen.

In dem Moment, als sie denken, dass es überhaupt nicht mehr weitergeht, verändert sich auf einmal der Boden unter ihren Füßen. Sie wollen es zuerst gar nicht glauben. Sie spüren, dass es nicht mehr matschig ist und nehmen auch keinen Schlamm mehr wahr. Sie fühlen einen ebenen, weichen Weg unter sich.

„Spürst du, was ich spüre?", fragt Mirabell ganz aufgeregt. „Auf einmal geht das so leicht, das Laufen! Es kann sein, dass wir das Moor jetzt verlassen haben. Ich kann es fühlen, es ist trocken." Vorsichtig laufen beide weiter – sich immer vorwärts tastend. Es ist wirklich so, sie bemerken keinen Schlamm mehr.

Mit einem Mal geht der Mond auf. „Zenit, hier ist wieder feiner, weicher Sand, wie vorher!", freut sich Mirabell. „Ja, da wachsen Palmenbäume, wie wir sie schon gesehen haben", pflichtet Zenit ihr bei. „Da ist es trocken. Lass uns unter so einen Baum setzen! Wir bleiben erst einmal hier und können jetzt essen. Einen besseren Platz für die Nacht können wir derzeit nicht finden."

Zenit steuert auf den Baum zu, der ihnen am nächsten ist. „Was ist das hier nur für eine Gegend?", fragt Mirabell und sieht sich suchend um.

„Ich weiß es nicht, aber ganz schlecht ist es hier bestimmt nicht, wir spüren es doch in der Atmosphäre", antwortet Zenit. Beide setzen sich an eine Stelle, die hell vom Mondlicht erleuchtet ist, sodass sie gut sehen können.

Sie freuen sich auf ihr Essen und dass sie einen Platz für die Nacht gefunden haben. „Siehst du, manchmal muss man nur durchhalten, dann öffnen sich die Türen von selbst", stimmt Mirabell Zenit zu, während sie ihre Behälter mit den gesammelten Früchten auspackt.

Nach einem gemütlichen Abendessen richten sie sich gleich einen Platz zum Schlafen her. Sie sind heute so viel gelaufen, dass jeder Schritt, den sie jetzt noch gehen müssten, einer zu viel wäre.

Beide haben sich jeweils einen Baum mit weit ausragenden Blättern gesucht, wo sie vor Wind und Wetter geschützt sind. Sie machen es sich in ihren Schlafsäcken zurecht.

Mirabell und Zenit hängen nun ihren jeweils eigenen Gedanken über die bisherigen Erlebnisse ihrer Reise nach. Keiner von ihnen möchte jetzt noch ein Gespräch führen. So schlafen sie friedlich ein, in einer ruhigen, windstillen Nacht.

Am nächsten Morgen wachen beide frisch erholt wieder auf. „Bist du bereit für die nächste Wegetappe?", fragt Zenit Mirabell. „Wenn ich mich stärken und ausruhen kann, bin ich immer bereit", antwortet Mirabell fröhlich. So richten sie ihren Platz zum Frühstücken her.

„Ich bin gespannt, wie lange wir uns in diesem Waldabschnitt befinden werden", sinnt Mirabell nach. „Ja, wir können darüber eben nicht viel wissen, es kann von relativ kurzer Dauer sein, wir können jedoch auch noch tagelang in diesem Abschnitt unterwegs sein", bemerkt Zenit realistisch. „Die Erfahrung haben wir ja schon machen dürfen", bestätigt Mirabell Zenits Aussage.

So ziehen die beiden frohen Mutes los, immer dieselbe Richtung beibehaltend, die sie von Beginn ihrer Reise an eingeschlagen haben. Es scheint wirklich so, als würde Zenit recht behalten, dass sie tagelang im gleichen Waldabschnitt sein werden.

Der Wald verändert sich einfach nicht, von einer Grenze ist nicht andeutungsweise etwas zu sehen. Mirabell und Zenit lassen sich nicht entmutigen.

Um die Mittagszeit machen sie nur eine kurze Pause, weil sie noch sehr viel von ihrer Strecke bewältigen möchten.

Es wird bereits wieder dunkel, als Zenit vorschlägt, sich wieder einen Platz zum Essen und zum Schlafen zu suchen, denn weiter würden sie heute nicht mehr kommen. „Der Weg war so schön eben, ich hätte jetzt noch Stunden weiterlaufen können", meint Mirabell. „Ja, aber wir sollten Kräfte tanken. Wer weiß, vielleicht verändert sich morgen die Waldgegend? Dann müssen wir durchhalten."

Nach einem ereignislosen Tag lassen sie sich ihr Abendessen schmecken. „Hast du noch genügend Vorräte oder sollten wir wieder einmal etwas sammeln?", fragt Zenit. „Ich bin noch gut versorgt und du?", antwortet Mirabell. „Bei mir sieht es auch gut aus, aber wir sollten hier dennoch morgen früh nach Beeren suchen, nicht dass es im nächsten Waldabschnitt nichts zu essen gibt", schlägt Zenit vor. „Das können wir machen, Vorsorge ist immer gut" pflichtet Mirabell ihm bei.

Auch diese Nacht ist wunderschön, um sie draußen zu verbringen. Der Mond scheint hell und klar, die Sterne funkeln über ihnen. Es bewegt sich kein Lüftchen.

„Seltsam, seit Schischla im Moor sind wir keinem Lebewesen mehr begegnet", bemerkt Mirabell. „Ich bin ganz froh darüber, die Lebewesen, mit denen wir es bisher zu tun gehabt haben, waren doch eigenartige Geschöpfe", stellt Zenit fest.

„Da hast du recht", gibt Mirabell zu. Beide schlafen, wieder ihren eigenen Gedanken nachhängend, ein.

Am nächsten Tag bereits sollte sich ihre Situation radikal verändern, doch davon ahnen beide noch nichts. Frisch und munter stehen sie auf, um nach einem stärkenden Frühstück wieder ihre Richtung einzuschlagen.

„Lass uns gleich jetzt nach Beeren suchen, wie wir es uns gestern Abend vorgenommen haben" schlägt Zenit vor. „Dann haben wir es gleich erledigt und können unseres Weges gehen."

Sie verbringen den halben Vormittag auf einer Lichtung, um Beeren zu sammeln. Sie füllen damit ihre Vorräte auf, die in den nächsten Tagen zur Neige gegangen wären.

Bis Mittag kommen sie bequem voran, auf einem sehr angenehmen Weg durch einen Sandboden mit den bekannten palmenartigen Bäumen. Auf einmal verändert sich der Waldabschnitt.

Sie fragen sich, ob sie sich überhaupt noch im Wald befinden. „Upps, ist dies hier etwa schon die Grenze des Waldes?", bringt Mirabell nur hervor. „Das kann ich mir nicht vorstellen, hier sind zwar weniger Bäume vorhanden, aber wir sehen ja immer noch einige."

„Was ist das nur für eine Gegend, in der alles aus Stein und Felsen besteht?", fragt Mirabell. „Es ist fast so wie in meinem Traum, den ich hatte, als ich noch in meiner Höhle gelebt habe" erzählt Zenit. „In diesem Traum stand ich vor der Entscheidung, ob ich überhaupt fort soll oder nicht. Es sieht allerdings nicht genauso aus wie in meinem Traum, sondern ein bisschen anders.

Jedenfalls sind wir hier in einer Gegend, wo alles aus Felsen und Steinen besteht. Selbst auf dem Boden liegen viele Steine. Das Laufen ist auf einmal nicht mehr so angenehm." Mühsam stakst Zenit weiter über den steinigen Boden.

„Ich habe es gewusst, dass wir bald wieder in so eine Lage geraten, bis jetzt ist unser Weg nie ganz so eben verlaufen", bemerkt Zenit. „Ja, wir versuchen das Beste daraus zu machen, wie immer", setzt Mirabell entgegen und kommt trotz aller guten Vorsätze ebenfalls nur sehr mühsam vorwärts. „Es ist die hässlichste Gegend, in der wir bis jetzt waren. Da war das Moor ja noch angenehm dagegen."

Sie versuchen, sich zusammenzunehmen, doch nach einiger Zeit müssen sie sich eingestehen, dass es so nicht mehr weitergeht. Sie setzen sich einfach, da wo sie sich gerade befinden, auf den mit Steinen übersäten Boden.

„Autsch, das tut weh!", ruft Mirabell und reibt sich ihren Po. „Wir packen unsere Decken aus!", schlägt Zenit vor und fängt dabei an, in seinem Rucksack zu wühlen.

Mit den Decken ist es ebenfalls nicht viel angenehmer, aber immerhin besser, als auf dem blanken, mit Steinen übersäten Boden. „Wie kommen wir nur schneller vorwärts?", fragt Mirabell. „Wir müssen aus dieser Felsengegend herauskommen, am besten, bevor es Abend geworden ist."

„Es wäre schön, wenn einmal etwas so schnell gehen würde", stellt Zenit fest. „Doch ich befürchte, es wird wieder eine längere Angelegenheit." Beide schauen sich um, dabei hängt jeder seinen eigenen Gedanken nach.

„Ist hier etwa schon die Grenze des Waldes?", fragt Mirabell. „Hier sieht es mir eher aus, wie am Ende der Welt", meint Zenit. Das Waldstück, wenn man es überhaupt als solches bezeichnen kann, in dem sie sich jetzt befinden, sieht tatsächlich so aus. Überall ragen größere sowie kleinere Felsbrocken empor.

Dass sie immer noch im Wald unterwegs sind, darauf weisen verschiedene Bäume hin. Sie sind tatsächlich nicht als solche zu erkennen sowie auch nicht als solche zu bezeichnen. Teilweise sehen sie abgestorben, einfach tot aus.

„Es hilft nichts!", sagt Zenit erneut nach einiger Zeit des Nachdenkens. „Wir müssen, so gut es eben geht, den Weg durch diese Steinwüste weiterziehen und dürfen uns nicht von solchen Hindernissen aus der Bahn werfen oder von unserem Weg abbringen lassen", setzt er hinzu, nachdem er Mirabells erschrockenes Gesicht gesehen hat.

„Ich gebe dir schon recht", pflichtet Mirabell ihm bei und fragt: „Müssen wir in dieser Felsengegend übernachten?" „Da wir nicht schnell vorwärtskommen, sollten wir uns darauf einstellen", antwortet Zenit. „Wenn es anders kommt, können wir uns darüber freuen."

Sie packen ihre Habseligkeiten zusammen, dann ziehen sie los. Vom „Ziehen" kann jedoch keine Rede sein, so langsam, wie sie vorwärtskommen.

Sie müssen auch immer wieder stehen bleiben, weil ihre Hufe schmerzen. Die Felsengegend verändert sich kaum.

„Die Hauptsache ist, dass es überhaupt vorangeht", meint Zenit. „Ich fände es schlimmer, wenn wieder so ein Hindernis wie der Fluss da wäre, wo wir erst überlegen müssten, wie wir darüber hinwegkommen konnten."

Mirabell nickt, sie sagt nichts weiter. An ihren Hufen sind schon Blasen und kleine Verletzungen. Aber tapfer unterdrückt sie den Schmerz und zieht mit Zenit weiter.

Auf einmal bemerken beide eine Veränderung der Wetterverhältnisse. Ein starker Wind kommt auf. Sie haben jetzt alle Mühe, sich überhaupt zu bewegen. Zenit sagt: „Wir müssen uns mit den Gegebenheiten abfinden und das Beste aus unserer Lage machen."

„Was passiert hier nur?", fragt Mirabell richtig verzweifelt. „Es wird immer schlimmer, wir kommen bald gar nicht mehr vorwärts." „Ja, aber der Wind kann auch bald wieder abflauen", antwortet Zenit.

Doch alle positiven Gedanken bringen sie nicht weiter. Sie müssen erst einmal aufgeben, stehen bleiben und durchschnaufen. Dabei wird der Wind immer stärker zu einem Sturm.

„Ich kann mich kaum noch festhalten, hoffentlich werden wir nicht weggeweht", ruft Mirabell, denn der Sturm verursacht so einen Krach, dass sie kaum mehr ihr eigenes Wort verstehen. „Wir bleiben hier, bis der Sturm sich gelegt hat!", ruft Zenit laut zurück.

Der Sturm wird noch stärker und wandelt sich zu einem übermächtigen Orkan. Dann geschieht das, wovor sich beide gefürchtet haben: Sie werden fortgeweht, in zwei verschiedene Richtungen. Sie können sich nicht mehr halten. Ihnen wird im wahrsten Sinne des Wortes der Boden unter den Füßen weggerissen.

Sie landen in zwei völlig unterschiedlichen Gegenden dieses Waldabschnittes, während um sie herum der Orkan weiter tobt. Mirabell findet sich in einer etwas dichteren Baumgruppe wieder, die jedoch alle kahl aussehen und keine Blätter mehr haben.

Zenit ist in eine Felsspalte hineingeweht worden. Er kann nur sehr hoffen, dass er allein den Weg zum Ausgang wiederfindet.

Er ist froh, dass ihm nichts passiert ist und dass es ihm soweit gut geht. Das Gleiche hofft er auch von Mirabell. Er muss sie wiederfinden.

Zenit überlegt, in welche Richtung er laufen soll, um den Ausgang zu finden. Beide Wege sehen gleich aus, sie sind auch genauso eng. So entscheidet er sich spontan für links, ohne genau zu wissen warum.

Es ist ziemlich mühsam, in einer so engen Schlucht zu laufen, wo Felswände zu beiden Seiten emporragen.

Er schaut nach oben, doch da erkennt er auch nicht viel mehr, er sieht nur den Himmel. Der Orkan tobt noch genauso heftig wie vorher, als er hierher geweht worden ist. Das kann er deutlich wahrnehmen. „Vielleicht ist es gut, dass ich momentan hier unten bin, da kann mir der Orkan nichts anhaben", denkt er sich. Er muss immer das Positive sehen.

Die Strecke durch die Felsspalte erscheint ihm unendlich lang. Es ist so eng, dass er immer wieder stehen bleiben muss, um durchzuatmen, da er beinahe keine Luft bekommt.

Nach einer für ihn unerträglich langen Zeit, erscheint endlich ein kleiner Punkt am Horizont, es sieht wie eine Öffnung aus. Das gibt Zenit neue Kraft und er beginnt, schneller zu laufen, immer dem Ausgang entgegen.

Dieses Loch wird größer und größer, es wird heller. Gleichzeitig nimmt er aber auch stärker die Sturmböen wahr, sie sind noch immer vorhanden.

Nun hat er das Ende dieser langen Felsspalte erreicht. Er steht nun im Freien und ist erleichtert. Doch dieses Gefühl ist nicht von langer Dauer. Er muss weiter nach Mirabell suchen, wer weiß, wohin sie geweht worden ist.

Er schaut sich um, doch in dieser Steinwaldwüste, in der er sich befindet, sieht alles gleich aus. Wohin soll er sich nur wenden? Er versucht es mit lautem Rufen, doch sein Schrei wird vom Orkan erstickt.

Er läuft und sucht solange, bis er an seine körperlichen Grenzen gerät. Er muss sich eingestehen, dass es keinen Sinn macht, weiter nach Mirabell zu suchen. Sie sind unfreiwillig auf ihrer gemeinsam begonnenen Reise getrennt worden.

Wenn er jetzt weiter nach ihr Ausschau hält, würde er sein Ziel selbst aus den Augen verlieren. Genau an der Stelle, wo Zenit sich befindet, setzt er sich hin. Er denkt darüber nach. Natürlich muss er alles dafür tun, um seine Gefährtin wiederzufinden, aber er stellt fest, dass es kaum eine Chance gibt, sie zu finden. Das hat unweigerlich zur Folge, dass er seinen Weg allein weitergehen muss.

Ohne sich noch einmal umzudrehen oder zurückzuschauen, steht Zenit auf. Er läuft in die von Anfang an eingeschlagene Richtung, gegen den Sturm ankämpfend. Es scheint, dass der Wind schon nachlässt. Es wird ruhiger in dieser Felsgegend.

Nach ein paar Metern merkt er, dass die Sonne untergeht. Es wird demnach Zeit, sich einen Platz für sein Abendessen und zum Schlafen zu suchen. Er wartet noch ab, bis sich der Wind gelegt hat.

Der Platz, den er findet, ist nicht gerade einladend oder gemütlich, aber erfüllt den Zweck, dass er da gut seine Utensilien ausbreiten kann, um etwas zu essen. Seine Gefühlslage lässt sich nicht beschreiben.

Er muss sich an diese neue Situation, dass er ab jetzt auf sich allein gestellt ist, erst anpassen. Er hätte nie erwartet, dass er von Mirabell getrennt werden würde.

Am Beginn ihrer Reise haben sie sich schon einmal getrennt, jedoch bewusst und willentlich, um mehr Chancen zu haben, passendes Werkzeug für ihren Steg zu finden, den sie schlussendlich dann gar nicht gebraucht haben.

Wenn Zenit so überlegt, ist es immer so gekommen, wie sie es am wenigsten erwartet hätten.

Vielleicht möchte es das Schicksal jetzt, dass sie ihren Weg jeweils allein fortsetzen oder dass sie eines Tages von selbst wieder zusammenfinden, ohne dass sie von sich aus etwas dazu beitragen.

Als Zenit so seinen Gedanken nachgeht, stellt er fest, dass es gut so ist, wie es gekommen ist. Er möchte nicht hadern oder sich gegen etwas auflehnen, wenn es nicht in seiner Macht steht, es zu verändern.

So isst er ganz zuversichtlich sein Abendessen zu Ende und macht auf einem Felsen unter einem großen Baum sein Nachtlager zurecht. Mittlerweile ist es windstill geworden, kein Lüftchen regt sich mehr.

Zenit findet es merkwürdig, wie extrem sich die Lage in den verschiedenen Waldabschnitten, in denen sie bis jetzt unterwegs gewesen sind, immer hat verändern können. Da ist mit allem zu rechnen.

Er hofft natürlich, dass es Mirabell gut geht und dass sie ebenfalls einen sicheren Platz zum Essen und Schlafen findet. Er weiß jedoch auch, dass er nicht allzu lange in die Vergangenheit zurückblicken sollte.

Er muss jetzt nach vorne blicken, auf sich selbst, damit er sein Ziel, dass ja von Anfang an eigentlich sein Ziel war, erreicht. Mit diesen ermutigenden Gedanken schläft er friedlich ein.

Am nächsten Tag ist es für Zenit ungewohnt, allein aufzuwachen und niemanden zu haben, dem er „Guten Morgen" wünschen kann. Aber er denkt nicht weiter darüber nach. So kann er schließlich seinen Tagesrhythmus selbst bestimmen und einteilen, ohne auf jemanden Rücksicht nehmen zu müssen.

Mit einem Frühstück stärkt er sich für den vor ihm liegenden Wegabschnitt. Nach dem Zusammenpacken zieht er weiter.

Er ist gespannt, ob es noch lange dauern wird, bis er die Grenze des Waldes erreichen wird, damit er dann in die Gegend gelangt, in der er zukünftig vielleicht leben wird. Er hat sich schon fest vorgenommen, dass so eine eingefahrene Routine und Langeweile wie in seinem bisherigen Leben nicht mehr aufkommen wird. Er weiß zwar noch nicht konkret wie, jedoch möchte er dafür sorgen. Diese Felsenwüste, wo er sich jetzt befindet, will kein Ende nehmen. „Es ist gut, dass es trocken und windstill ist", denkt sich Zenit.

Aus der Richtung, die er eingeschlagen hat, kommt ihm von Weitem etwas entgegen. Zenit wird ganz unheimlich zumute. Er weiß nicht genau, ob er weiterlaufen oder die Richtung ändern soll. Aber bis jetzt hat er gut daran getan, auf dem Weg zu bleiben.

Er beschließt, es auf eine Begegnung mit dem Wesen ankommen zu lassen. Bis jetzt war niemand, den er unterwegs getroffen hat, böse oder gefährlich.

Was das wohl für ein Wesen ist, das in so einer trostlosen Felsenwüste leben muss? Je näher es auf ihn zukommt, desto deutlicher kann Zenit erkennen, um welche Art es sich handelt.

Der Körper sieht furchterregend aus, mit acht fadendünnen Beinen. Es erinnert ihn an eine Riesenspinne. Der Kopf dagegen passt so gar nicht dazu, denn er ist niedlich anzusehen. Er schaut wie der Kopf einer Katze aus. Mit freundlichen grünen Augen blickt sie Zenit entgegen, als er etwas verunsichert auf sie zuläuft.

„Hast du dich verlaufen?", fragt das seltsame Wesen freundlich, sodass Zenit alle Angst verliert. „Nein, ich bin unterwegs zu der Grenze des Waldes", antwortet Zenit. „Wer bist du?" „Ich bin Kaspi, die Katzenspinne", stellt sie sich vor. „Ich heiße Zenit und möchte erforschen, was sich außerhalb dieses Waldes befindet, weil ich da noch nie gewesen bin", erklärt er.

„Ist es bis dahin noch weit?", fragt er noch einmal in der Hoffnung, eine genaue Auskunft zu bekommen. „Ich weiß, wo sich die Grenze des Waldes befindet, aber jenseits davon bin ich auch noch nie gewesen", sagt Kaspi.

„Wie weit ist sie ungefähr noch entfernt?", fragt Zenit „Ich weiß nicht, wo du herkommst, aber ein kleines Stück des Weges hast du noch vor dir", antwortet Kaspi. „In einem Tag ist es nicht zu schaffen. In zwei bis drei Tagen wirst du dein Ziel erreichen, wenn du die eingeschlagene Richtung beibehältst." „Gut zu wissen, dass ich auf dem richtigen Weg bin", erklärt Zenit voller Freude.

„Lebst du hier?", fragt er und zeigt auf die Felswüste. „Ja, ich bin schon immer hier, ich brauche Felsen und Steine, wo ich mich verstecken kann, da fühle ich mich wohl." „Vor wem versteckst du dich? Sind hier noch mehr Lebewesen?" „Hier lebt sonst niemand dauerhaft, es befinden sich alle nur auf der Durchreise, so wie du", erzählt Kaspi.

„Deshalb musst du dich doch nicht andauernd verstecken, das ist doch sicher langweilig", meint Zenit. „Ich langweile mich nie", behauptet Kaspi. „Ich bürste mein Fell, außerdem träume ich viel vor mich hin."

„Das ist seltsam, alle Wesen, die ich bisher getroffen habe, kommen mit sich selbst zurecht, sie brauchen keine Gesellschaft oder Gespräche", denkt sich Zenit.

„Wieso möchtest du zu der Grenze des Waldes?", erkundigt sich Kaspi. „Ich wollte schon immer wissen, was sich außerhalb des Waldes befindet, das ist mein Ziel", antwortet Zenit.

„Aber sag einmal, bist du zufällig einem Wesen begegnet, das so ähnlich aussieht wie ich, nur in einer Frauengestalt?", erkundigt sich Zenit mit einer kleinen Hoffnung, Mirabell vielleicht doch noch zu finden.

„In den letzten Wochen ist mir niemand begegnet, du bist der Erste seit geraumer Zeit. Wen suchst du denn?"

„Ich war ursprünglich mit Mirabell unterwegs, wie gesagt, sie sieht genauso aus wie ich, nur dass sie eine Frau ist. Gestern hat uns der gewaltige Orkan, den du bestimmt auch gespürt hast, weit auseinandergeweht, sodass wir keine Chance mehr gehabt haben, uns wiederzufinden. Ich habe jedenfalls aufgegeben, sie zu suchen."

„Das kann ich verstehen", pflichtet Kaspi Zenit bei. „Ich konnte mich zum Glück sicher unter einem großen Felsen vor dem Orkan verstecken, mir hat er nichts anhaben können", erzählt Kaspi. „Das ist der Vorteil, wenn man hier ständig lebt. Aber deine Freundin habe ich leider nicht gesehen oder getroffen." „Soll ich nach ihr suchen?", fragt Kaspi hilfsbereit.

Zenit schüttelt nur den Kopf. „Es hat keinen Sinn. Ich habe ja auch schon gesucht, es ist einfach hoffnungslos. Ich weiß nicht einmal, in welche Richtung sie geweht worden ist."

„Wenn ich sie sehe oder treffe, sage ich ihr, dass du auf der Suche nach ihr bist", bietet sich Kaspi an. „Ja, das wäre wunderbar, doch es würde ein großer Zufall sein, denn du sagst ja, dass du oft tage- bzw. monatelang niemanden triffst", erinnert sich Zenit. „Da hast du recht, aber ich weiß ja jetzt, dass noch ein Wesen hier in diesem Felsgebiet unterwegs ist, daher werde ich meine Augen und Ohren bewusst offenhalten", verspricht Kaspi. „Vielen Dank! Für mich wird es jetzt Zeit, weiterzureisen." Zenit will wieder weiterziehen, denn er merkt, dass er bei Kaspi nichts weiter bewirken kann. „Was denkst du, wie lange brauche ich noch, bis ich die Grenze des Waldes erreiche?", fragt er. „So schnell wird es nicht gehen, vier oder fünf Tage, je nachdem, wie schnell du vorwärtskommst. Du musst noch, so meine ich, durch drei lange Waldstücke. Wie sie aussehen, darüber weiß ich allerdings nichts."

„Dann auf Wiedersehen, Kaspi!" Zenit macht sich zum Weitermarsch bereit. „Viel Glück, ich schaue, ob ich deine Freundin treffe", verabschiedet sich auch Kaspi. Sie zieht ebenfalls weiter, tiefer in die Felsengegend hinein.

Zenit läuft weiterhin in seine eingeschlagene Richtung, ohne sich noch einmal umzudrehen. Was war, ist vorbei, er braucht der Vergangenheit nicht hinterher zu schauen oder darüber nachzudenken.

Vier bis fünf Tage sind länger, als er gedacht hätte. Er möchte keine Zeit verlieren. Wenn etwas dazwischenkommt, kann es sein, dass es noch länger dauert.

Gegen Abend macht es im Mühe, in dieser Felsenwüste einen geeigneten Platz für sein Abendessen zu finden. Überall ist es hart und unbequem. Er hat genug davon, weiterzusuchen.

Er setzt sich einfach unter den nächstbesten Baum. Er denkt daran, wie viel Freude er beim gemeinsamen Essen mit Mirabell hatte. Zu zweit ist es doch besser als allein, das muss er zugeben.

Aber er kann es jetzt eben nicht mehr ändern. Er muss die Situation so annehmen, wie sie ist. So lässt er es sich dennoch schmecken. Später kuschelt er sich tief in seinen Schlafsack hinein.

Am nächsten Morgen stellt er fest, dass es der vierte Tag ist, seit er seine Höhle verlassen hat. In der Zwischenzeit hat er zudem festgestellt, dass seine Reise immer anders verläuft, als zuvor gedacht.

Er wollte ursprünglich allein reisen, aber Mirabell kam ihm dazwischen. Er hat sich mit der neuen Situation arrangiert. Es war für ihn in Ordnung. Jetzt sind sie unfreiwillig voneinander getrennt worden.

Sie haben wahrscheinlich kaum noch eine Möglichkeit oder Chance, sich wiederzufinden. Es schmerzt ihn zwar, jedoch hat er keine Wahl, auch diesen Zustand zu akzeptieren.

Beunruhigender für Zenit ist es, dass er noch so weit von der Grenze des Waldes entfernt ist. In vier bis fünf Tagen kann noch viel dazwischenkommen. Er merkt, dass seine Motivation teilweise nachlässt.

Doch er weiß auch, dass er jetzt nicht aufgeben darf. Hier in dieser Felsenwüste kann er sowieso nicht bleiben. Er beißt also die Zähne zusammen und läuft weiter.

Am frühen Nachmittag spürt er, dass er Hunger hat, und sucht sich wieder irgendeinen Baum, es sehen ohnehin alle gleich aus.

Er isst und dabei denkt er gar nicht mehr so viel nach. Er möchte versuchen, so schnell wie möglich weiterzukommen. Er ruht sich jedoch noch ein bisschen aus, obwohl er das nicht vorgehabt hat. Er weiß, dass er neue Kräfte sammeln muss.

Aber dann geht es für ihn weiter. Der nächste Wegabschnitt verläuft völlig ruhig und ereignislos. Das Wetter bleibt gleichmäßig stabil. Solange nicht wieder ein Sturm kommt, ist ihm alles recht, denkt sich Zenit.

Er ist nur gespannt, wann er endlich aus dieser Felswüste herauskommt. Immer auf so einem harten Untergrund zu schlafen, ist auf die Dauer nicht angenehm.

Aber die Sonne geht schon wieder unter und er muss sich wohl oder übel hier noch einmal einen Platz zum Übernachten suchen. Nach einem kurzen Abendessen schläft er ein.

Am nächsten Morgen wacht Zenit früh auf. Das Wetter sieht nicht gerade verheißungsvoll aus, dunkle Wolken ziehen über den Himmel.

„Nicht dass es wieder so einen Sturm gibt und ich weggeweht werde", denkt sich Zenit. Er verzichtet auf ein Frühstück. Er muss vorwärtskommen und diesen Waldabschnitt hinter sich lassen. Es wird kühler und unangenehmer. Aber es macht ihm nichts aus, denn Zenit weiß, mit welchem Ziel er läuft.

Je länger der Tag dauert, desto schlechter wird das Wetter um ihn herum. Es scheint, dass sich wieder so ein gewaltiger Sturm zusammenbraut.

Gut, dass er früh aufgestanden und losgelaufen ist, denkt sich Zenit, so wird er, wenn es ganz schlimm kommen sollte, wenigstens nicht zu weit weggeweht.

Er merkt, dass der Wind an ihm zerrt und rüttelt, doch noch ist er nicht stark genug. Tapfer stellt sich Zenit dem Wetter entgegen und bietet ihm die Stirn.

Zenit spürt, dass er kaum noch gegen den Sturm ankämpfen sowie vorwärtskommen kann. Es verlangt ihm unendlich viel Kraft ab, doch aufgeben ist für ihn keine Option. So müht er sich weiter.

Mit einem Mal merkt er, wie er emporgehoben wird. „Jetzt ist alles aus, ich werde bestimmt eine weite Strecke zurückgeweht werden", denkt sich Zenit noch. Dann wird auf einmal alles um ihn herum dunkel. Zenit hat das Bewusstsein verloren.

Als er aufwacht, ist die Felswüste um ihn herum verschwunden. Zenit richtet sich auf. Er ist auf einer grünen Wiese mit ganz gewöhnlich aussehenden Bäumen gelandet.

In diesem Waldabschnitt scheint kein Sturm mehr zu herrschen, es ist ruhig und windstill. Der Boden ist superweich, er kann das spüren und fühlen. Zenit fühlt sich mit einem Mal richtig wohl, er weiß nicht, woher dieses Gefühl so plötzlich kommt.

Er bemerkt, dass sein Magen knurrt. Das kommt wohl daher, dass er nichts gefrühstückt hat. So muss er erst einmal etwas essen. Es ist sowieso schon später Nachmittag.

Zenit beschließt, weil ihm die Wanderung heute so viel Kraft abverlangt hat, erst einmal bis zum Abend hierzubleiben. Er muss sich ausruhen.

So lässt es sich Zenit an diesem Nachmittag richtig gut gehen. Er isst gemütlich, er sitzt einfach da und genießt die schöne Umgebung, in der er sich jetzt befindet. Er weiß, dass er heute an diesem Platz übernachten wird, einen besseren Ort wird er nicht finden.

Ein bisschen muss er aber seine neue Umgebung doch erkunden. Zenit muss ja nicht allzu weit weglaufen.

Es scheint auch in diesem Waldabschnitt kaum andere Lebewesen zu geben, er sieht jedenfalls keine, außer kleine Waldtiere wie Bienen oder Schmetterlinge. Und auch seltene Vögel fliegen von Baum zu Baum. Aber mit ihnen kann er sich ja nicht unterhalten.

Auch als die Sonne untergeht, wird es Zenit nicht kalt, ganz im Unterschied zu der Felswüste, in der er vorher war. Er sitzt noch lange unter einem Baum, genießt einen wunderschönen Sonnenuntergang und hört den Vögeln zu.

Irgendwann merkt er, wie müde er ist, und schläft ein. Er hat es sich nicht einmal in seinem Schlafsack zurechtgemacht. So, wie er gesessen ist, sind ihm einfach seine Augen zugefallen.

Bei diesem Klima muss man sich nicht unbedingt zudecken. Endlich schläft er wieder tief und fest bis zum nächsten Morgen durch.

Als er aufwacht, fühlt er sich frisch, munter und ausgeschlafen. Er erkundet zuerst die nähere Umgebung, bevor er frühstückt. In diesem Waldabschnitt sieht es überall gleich angenehm aus. Hier könnte er sich wohl fühlen, denkt sich Zenit.

Aber dann muss er sofort wieder daran denken, wie langweilig er sein Leben empfunden hatte, als er noch in seiner sicheren Höhle gelebt hat. Um nichts in der Welt möchte er diesen alten Zustand wiederherstellen.

Er freut sich wieder einmal über seine getroffene Entscheidung und geht zu seinem Platz zurück, um zu frühstücken. Er freut sich auf den Tag sowie auf den bevorstehenden Weg. Er kommt somit seinem Ziel immer näher.

„Aber wahrscheinlich muss ich diesen Waldabschnitt bald verlassen, obwohl es hier so schön ist", denkt sich Zenit. „Ich bin noch nie lange an einem Platz geblieben, wo ich mich wohl gefühlt habe." Und so geht er auch jetzt tapfer seinen Weg weiter.

Zenit entdeckt, dass es auf einer Wiese Beeren und Früchte gibt. So beschließt er, seinen Vorrat, der schon ziemlich zur Neige gegangen ist, wieder aufzufüllen. Er holt dabei seine Aufbewahrungsboxen aus seinem Rucksack heraus.

Er fühlt sich an die Zeit erinnert, als er begonnen hat, seine Reise vorzubereiten. „Was habe ich in der Zwischenzeit nicht alles Aufregendes erlebt", denkt er sich.

Nach dem Sammeln macht Zenit erst einmal eine Essenspause. Als er wieder weiterläuft, geschieht etwas, womit er schon am Morgen gerechnet hat: Er kommt in einen neuen Waldabschnitt hinein – aber in was für einen! Hier ist es mächtig kalt. Es ist tiefster Winter, überall liegt Schnee und die Bäume sind kahl. „Bin ich denn am Nordpol gelandet?", denkt sich Zenit.

Sofort holt er eine Decke aus seinem Rucksack heraus. Dann zieht er noch einen Schal an und setzt eine Mütze auf den Kopf. Schließlich ist er für alle Eventualitäten ausgerüstet.

Jetzt kann ihm das ungemütliche Wetter nichts mehr anhaben. Er stapft tapfer weiter durch den Schnee. „Irgendwann wird es auch aus diesem Gebiet wieder hinausgehen", denkt er sich. Doch seine Geduld wird auf eine harte Probe gestellt.

Schließlich beginnt es sogar noch zu schneien. Aber er kämpft sich weiter vorwärts. „Da habe ich ja schon Schlimmeres hinter mich gebracht", denkt sich Zenit. „Wie wird wohl die Nacht werden? Heute komme ich bestimmt in keine andere Gegend mehr." Unaufhörlich fallen dichte Schneeflocken vom Himmel.

Plötzlich steht er vor einem großen Berg voller Schnee! „Das auch noch!", denkt er sich. „Jetzt muss ich auch noch über diesen Hügel laufen." Mit großen Schritten erklimmt Zenit den Berg.

„Wohin führt wohl dieser Weg?", fragt er sich. „Jetzt muss ich den Berg erst einmal überwinden."

Als er oben angekommen ist, muss Zenit erst einmal durchschnaufen. Es gibt nichts zu sehen, außer dem vielen Schnee, der hier überall liegt. Er würde zu gerne wissen, wie es hier aussieht, wenn es Frühling ist, denkt sich Zenit.

Er hat jedoch keine Gelegenheit, sich darüber weiter Gedanken zu machen. Er muss sich an den Abstieg wagen, denn dieser Hügel ist keineswegs ein Ort zum Übernachten.

Zenit macht jedoch noch eine kleine Pause, um zu verschnaufen und neue Kräfte zu sammeln. Hin und wieder denkt er an Mirabell, etwa daran, wie es wäre, wenn sie noch bei ihm sein würde. Ob ihr der Weg zu beschwerlich geworden wäre?

Vielleicht ist es ja gut, dass sie auf ihrer Reise unfreiwillig getrennt geworden sind. Es gibt immer wieder Momente, wo Zenit Mirabell sehr vermisst, wo er sie auf jeden Fall gerne an seiner Seite hätte.

Zenit beginnt mit dem Abstieg. Es geht sehr steil nach unten. Aber er sieht in keine andere Richtung, er schaut nur nach vorne.

Schritt für Schritt setzt er einen Fuß vor den anderen. Auf den ersten Metern gelingt das recht gut und er kommt vorwärts. Dann wird der Schneeboden auf einmal sehr glatt. Zenit beginnt zu rutschen, kann sich aber immer wieder auffangen und festhalten.

Er setzt von Neuem an und geht ein paar Schritte nach unten. Da verliert er schon wieder das Gleichgewicht und beginnt erneut zu rutschen. Dieses Mal kann er sich nicht auffangen. Alles von sich gestreckt rutscht er so nun ganz den Hügel hinunter.

„So geht es wenigstens schnell!", denkt sich Zenit und kommt zum Glück heil unten an. Er muss nun doch einmal zurückschauen, was er ansonsten ja nicht macht.

Er hat die Größe des Berges vollkommen unterschätzt, aber er hat ihn schneller überwunden, als er gedacht hat.

Vor ihm breitet sich die Schneelandschaft mit den vielen kahlen Bäumen weit aus. Zenit verspürt noch keine Müdigkeit, so läuft er weiter. Er hält jedoch dabei schon einmal Ausschau nach einem geeigneten Platz zum Schlafen.

Etwas Geeignetes findet er jedoch nicht. „Ich kann doch nicht unter freiem Himmel schlafen", denkt er sich, „vor allem nicht, wenn es so schneit!"

Aber er geht mutig seinen Weg weiter. Er stapft durch den Schnee, die Flocken fallen immer dichter zu Boden. Er kann bald nicht mehr sehen, was direkt vor ihm ist. Er muss sein Tempo verringern.

Mit einem Mal sieht er schräg vor sich etwas, das auf den ersten Blick wie eine Höhle oder ein Zelt aussieht. „Da gehe ich besser nicht hinein, nicht dass ich auch verschüttet werde", denkt er sich. „Wahrscheinlich wird mir nichts anderes übrig bleiben, als hier die Nacht zu verbringen. Eine andere Unterkunft werde ich nicht finden."

Zenit erkennt, dass es sich jedoch nicht um eine Höhle oder ein Zelt handelt, sondern um ein Iglu. Also ist es schon so etwas wie eine Höhle, sie besteht aber ganz aus Schnee. „Vielleicht ist da die Gefahr nicht so groß, wie bei einer Felshöhle", denkt sich Zenit. Er wagt es, hineinzugehen.

Es ist nicht so geräumig in dem Iglo, wie er es sich vorgestellt hat. Für diese Nacht wird es allerdings ausreichend sein. Außerdem hat es den Vorteil, dass es innen schön warm ist. Er spürt überhaupt nichts mehr von der Kälte.

Zenit beschließt, nicht mehr nach draußen zu gehen, weil es sowieso schon dunkel wird, wie er vorher schon bemerkt hat. Er setzt sich auf seine Decke und packt seine Vorräte aus. Es war gut, dass er sie noch einmal vergrößert und somit vorgesorgt hat.

In diesem Schneegestöber hat er keine Möglichkeit, etwas Essbares zu finden. Dass es so warm in einem Iglu sein kann, hätte er sich nicht träumen lassen. „Hoffentlich ist es nicht bewohnt", denkt sich Zenit, „sonst bekomme ich später noch Besuch."

Aber er kann es sich nicht vorstellen, dass jemand auf Dauer in dieser engen Behausung lebt. Der Abend verläuft für ihn völlig ruhig. So traut er sich auch, sich in seine Decke zu kuscheln, zu schlafen und neue Kräfte für den nächsten Tag zu sammeln.

Am nächsten Morgen wacht er auf, ohne dass er über Nacht gestört worden ist. Es scheint ihm, als ob es draußen völlig ruhig wäre.

Er täuscht sich nicht. Als er aus der Höhle kommt, ist strahlender Sonnenschein, der Schneesturm von gestern ist vorüber. Er kann auch klar und deutlich seinen Weg vor sich wiedersehen.

„Es macht Sinn, gleich wieder weiterzuziehen, bevor sich das Wetter hier wieder verschlechtert", denkt sich Zenit. „Ich möchte nicht in so einem Schneegebiet festsitzen." Er packt seine Sachen zusammen und zieht los.

An diesem Morgen bleibt das Wetter gleichmäßig stabil. Zenit denkt nach: „Was hat Kaspi gesagt, wie lange es noch bis zu der Grenze des Waldes dauert? Vier bis fünf Tage?"

Zwei Tage ist er nun schon wieder unterwegs, seit er Kaspi getroffen hat. Wenn er gut vorankommt, könnte er in zwei bis drei Tagen an seinem Ziel ankommen. Das motiviert ihn gleich noch viel mehr. Er macht jetzt fast doppelt so große Schritte.

Es ist früher Nachmittag. Zenit denkt immer noch nicht an eine Pause, er läuft und läuft. „Ich bin jetzt gerade so richtig dabei", denkt er sich. „Ausruhen kann ich mich immer noch."

Es scheint so, als ob er langsam aus diesem Waldabschnitt herauskommen könnte, denn die Schneelandschaft um ihn herum wird immer nässer und matschiger. „Vielleicht bin ich ja bald in einem trockenen Gebiet? Das wäre auch gut, denn meine Füße sind schon ganz nass.

Wenn ich da draußen bin, müssen sie erst einmal trocknen." Noch ist es nicht so weit, die Pfützen, in die Zenit tritt, werden immer größer und nässer.

Doch plötzlich ist der Schnee völlig verschwunden. Er steht in einem Waldabschnitt mit brauner Erde auf dem Grund und schönen, großen und kräftigen Bäumen, durch deren Äste und Zweige die Sonne scheint.

Von Schnee ist keine Spur mehr zu sehen. „Na, hier lässt es sich doch aushalten", denkt sich Zenit. „Braune Erde ist viel besser als immer der kalte Schnee. Ich brauche jetzt erst einmal einen schönen Platz, wo ich Pause machen kann."

Hier muss Zenit gar nicht weit laufen, denn jede Stelle wäre gut geeignet, um sich hinzusetzen. Endlich kann er sich abseits des Schnees ausruhen und sich aufwärmen.

„Ich bleibe aber nicht hier", denkt sich Zenit. „In diesem Waldabschnitt scheint das Laufen recht angenehm zu sein." So bricht Zenit nach einer ausgiebigen Pause wieder auf. Er ist froh, dass ihm der Weg jetzt wieder leichtfällt.

Kleinere Tiere wie Vögel, Schmetterlinge oder Bienen hat er hier noch nicht gesehen. Hier ist überall nur Erde – er entdeckt auch keine Blumen. „Da hätten die Bienen rein gar nichts zu tun", denkt er sich. „Sind hier keine anderen Lebewesen, auch solche nicht, die sich ständig hier aufhalten?" In fast jedem Waldabschnitt hat er oder haben sie, als er noch mit Mirabell unterwegs gewesen ist, jemanden getroffen, der andauernd dort gelebt hat.

Im Schneegebiet ist es nicht weiter verwunderlich, niemanden zu treffen, denn wer könnte sich dort ohne ausreichende Nahrung wohl aufhalten?

Vielleicht gibt es hier ja doch irgendwelche Lebewesen, die ihm sagen könnten, wie lange es noch bis zur Grenze des Waldes dauert. Er kann höchstens schätzen, dass es noch zwei bis drei Tage sein werden, bis er sie endlich erreichen wird.

Er ist sehr gespannt und neugierig, auf welche Gegend er dann treffen wird.

Er hat keine genauen Vorstellungen von dem, was ihn erwarten könnte. So behält er einfach seine eingeschlagene Richtung bei.

„Der Boden sieht so aus, als wäre er gerade erst umgegraben worden", denkt sich Zenit, während er über die frische Erde läuft. Es ist jedoch angenehm, es geht fast wie von selbst. „Da werde ich auf jeden Fall noch ein großes Stück gehen, weil ich hier sehr gut vorankomme, und suche ich mir erst viel später einen Schlafplatz", nimmt sich Zenit in Gedanken vor.

Am späteren Nachmittag wird es kühler, aber das macht Zenit ebenfalls nichts aus. Auf einmal bleibt er abrupt stehen.

Vor ihm ist ein Loch in dem makellosen Erdboden. „So etwas hat es vorher noch nicht gegeben", denkt sich Zenit verwundert. „Das ist etwas Neues. Wie kommt hier ein Loch mitten in die Erde?"

Zenit betrachtet das Loch vorsichtig von allen Seiten. Er steckt ganz mutig seinen Kopf hinein. Bewohnt ist es auch nicht. Da es hier nichts weiter Auffälliges zu entdecken gibt, beschließt er, einfach weiterzugehen.

Doch nach ein paar Metern stoppt Zenit erneut. Da ist wieder so ein Loch! „Das ist doch kein Zufall", denkt er sich. „Gibt es vielleicht doch ein Lebewesen hier in diesem Waldabschnitt?" Er untersucht dieses Loch ebenfalls, kann hier aber auch nichts Besonderes entdecken.

Er setzt seinen Weg in aller Ruhe fort, seine Gedanken kreisen jedoch um die Löcher: „Irgendeine Bedeutung müssen sie doch haben? Aber welche?"

Plötzlich muss Zenit schon wieder stoppen! Da ist schon wieder ein Loch, doch es ist anders als die Löcher davor! Da ist etwas, nein, jemand, nein, ein Tier ist in dem Loch.

„Das ist aber selten, dass es noch ein Wesen in diesem Wald gibt!", sagt das Tier. Zenit betrachtet es genau.

Es besteht wie alle anderen, denen er vorher begegnet ist, aus zwei verschiedenen Tierarten. Der Kopf ist der eines Maulwurfs, doch die Beine und Füße gleichen denen eines Hundes.

„Ich bin Zenit", stellt er sich vor. „Wer bist du?", fragt Zenit. „Ich heiße Maulhu." „Dann bist du es, der hier auf dem Weg die ganzen Löcher gegraben hat?", fragt Zenit überrascht. „Du sagst es, ich bahne mir so meinen Weg durch den ganzen Wald."

„Das trifft sich gut, dann kannst du mir sicher sagen, wie weit es bis zu der Grenze des Waldes ist?", fragt Zenit hoffnungsvoll. „Was willst du denn da?", fragt Maulhu ganz erstaunt.

„Ich möchte herausfinden, was sich jenseits der Grenze befindet und ein neues Leben in einer anderen Umgebung beginnen", erklärt Zenit. „Das kann ich mir gar nicht vorstellen!" entgegnet Maulhu und ist ganz überrascht, dass jemand so einen Gedanken oder so eine Idee haben könnte.

„Ich möchte ein neues Leben beginnen!", erzählt Zenit ganz träumerisch. „So einen Gedanken hatte ich noch nie!", sagt Maulhu. „Ich finde mein Leben, so wie es ist, gut. Ich komme sowieso viel herum und überall hin."

„Das kann ich mir gut vorstellen", pflichtet Zenit ihm bei. „Bei mir ist das anders gewesen. Ich habe immer in derselben

Umgebung in einer Höhle gelebt. Mir hat es an nichts gefehlt, dennoch ist es mir zu eintönig gewesen. So habe ich mich eines Tages auf den Weg zu der Grenze des Waldes gemacht."

„Das klingt spannend!", gibt Maulhu zu. „Du musst mir mehr davon erzählen." „Ja gut, aber ich muss mir nur erst einmal einen Platz suchen, wo ich heute übernachten kann. Ich weiß, dass es bald Abend wird und ich nicht mehr weit kommen werde."

„Du kannst heute in meiner Höhle schlafen!", sagt Maulhu ganz entschlossen. „Aber dafür erzählst du mir, was du bisher alles erlebt hast! Es klingt richtig aufregend." „Das ist es auch, teilweise ist es sogar gefährlich gewesen!", berichtet Zenit. „Also gut, dann komm mit!", lädt Maulhu ihn ein. Zenit überlegt nicht lange, eine bessere Möglichkeit findet er für diese Nacht nicht.

Sie müssen gar nicht weit gehen, denn anscheinend ist Maulhu nicht weit von seinem Zuhause entfernt gewesen.

Die Höhle ist mitten in einem sehr dicken Baumstamm. Innen sind sie gut gegen das Wetter und Gefahren geschützt. Maulhu ist sehr gastfreundlich. Er deckt ein richtig gutes Abendessen für sie beide auf. Währenddessen löst Zenit sein Versprechen ein.

Er erzählt, was er bisher schon alles unterwegs erlebt hat. Er vergisst auch nicht, von Mirabell zu erzählen, da sie anfangs zu zweit unterwegs gewesen waren und sie dann der Orkan getrennt hat.

Zenit fühlt sich sehr wohl bei Maulhu. Das hätte er nicht für möglich gehalten. Sie unterhalten sich sehr lange und ausführlich miteinander. Zenit erzählt, wie er vorher gelebt hat, was gut für ihn war und was ihn auf Dauer gestört hat.

„Ich habe mich schon immer gefragt, was sich wohl jenseits der Grenze des Waldes befindet", erklärt Zenit. „Darüber habe ich noch nie ausführlich nachgedacht, für mich ist mein Lebensbereich hier und da gefällt es mir", sagt Maulhu.

„Hast du dir nie Gedanken darübergemacht, wie es sein könnte, wo anders zu leben?", fragt Zenit.

„Manchmal schon, aber nicht ernsthaft, ich habe nie so einen mutigen Entschluss gefasst wie du, sonst wäre ich nicht mehr hier und dann hätten wir uns heute nicht getroffen."

„Es hat also alles Vor- und Nachteile." Zenit ist nachdenklich geworden. „Es muss sehr spannend sein, das gewohnte Zuhause einfach zu verlassen, ohne eine Sicherheit zu haben, wie es weitergehen könnte", führt Maulhu aus.

„Ich bin am Anfang sehr unschlüssig und ängstlich gewesen. Bis jetzt habe ich meinen Entschluss aber nicht bereut und immer alles geschafft, was ich mir vorgenommen habe."

„Wirst du dir dann außerhalb des Waldes ein neues Zuhause suchen, wo du für immer bleiben möchtest, oder willst du ständig so weiterwandern?", fragt ihn Maulhu.

„So genau habe ich mir das noch nicht überlegt. Das ist eine gute Frage. Ich habe bis jetzt nur an das eine Ziel gedacht, nämlich das zu erkunden, was jenseits unseres Waldes ist. Wahrscheinlich liegt es daran, dass ich immer nur an einem Ort gelebt habe und sich nie etwas verändert hat. Aber mit der Zeit wird es sich zeigen." „Ja, es ist gut, sich bei solchen wichtigen Entscheidungen Zeit zu lassen", pflichtet Maulhu ihm bei.

Beide essen und reden nicht mehr so viel. Aber dann erzählt Maulhu von früher, wie er bei seinen Eltern aufgewachsen ist, dass sie eine große Familie gewesen sind und dass er acht Geschwister hat, die jetzt alle woanders leben. Er hat hier alles, was er braucht. Er verfolgt keine großen Ziele, sondern nimmt jeden Tag so, wie er ist.

So sitzen sie noch bis zum Abend da, dann werden sie müde und jeder legt sich in eine andere Ecke. Zenit ist froh, dass er in dieser Nacht nicht im Freien übernachten muss. Er kuschelt sich gemütlich in seine Decke und schön langsam schlafen beide ein. Es ist eine ruhige Nacht, nur von draußen hören sie das Rauschen des Windes.

Am nächsten Morgen wacht Zenit früh auf. Zuerst wundert er sich, da er nicht sofort weiß, wo er ist.

Dann fällt ihm alles wieder ein, wie er in diesen Waldabschnitt gekommen ist und dass er dann Maulhu getroffen hat, der ihn so freundlich und herzlich bei sich aufgenommen sowie versorgt hat. Maulhu schläft noch tief und fest.

Zenit überlegt, was er machen soll: „Soll ich warten, bis Maulhu aufwacht oder soll ich mich jetzt einfach ohne Abschied auf den Weg machen?" Er weiß es nicht.

Er hat Angst, dass Maulhu so lange schläft, dass er dadurch zu viel Zeit verlieren würde. Er möchte ja schnell vorwärtskommen. Andererseits gehört es sich auch, dass er sich bei Maulhu bedankt sowie sich von ihm verabschiedet.

Er entscheidet sich dafür, erst einmal seine Sachen einzupacken. Zenit packt sehr langsam und sorgfältig, dass er den Moment doch noch abwarten kann, bis Maulhu aufwacht. Er aber schläft und schläft.

Zenit trifft die Entscheidung, sofort aufzubrechen. Er ist gerade dabei, seinen Rucksack umzuhängen, als Maulhu aufwacht, als ob er geahnt hätte, was Zenit vorhat.

„Möchtest du schon gehen?", fragt Maulhu ganz erstaunt. „Ich wollte dich nicht wecken", entgegnet Zenit kleinlaut. „Wir könnten doch noch zusammen frühstücken", schlägt Maulhu vor.

„Weißt du, es ist schon etwas spät und ich möchte keine Zeit verlieren. Ich danke dir für alles!"

„Schade, dass du nicht noch dableibst, aber ich verstehe dich natürlich. Ich wünsche dir viel Glück und dass dir das, was du hinter der Grenze des Waldes entdeckst, gefällt!" „Ich wünsche dir auch alles Gute und noch einmal vielen Dank für alles!"

So macht sich Zenit auf den Weg. Es ist noch neblig am Morgen, aber den Weg vor ihm kann er dennoch gut erkennen. Er ist gespannt, wohin er ihn heute führt.

Es ist richtig kühl geworden, nicht mehr so warm, wie in den vergangenen Tagen. Aber davon lässt sich Zenit nicht beirren. Notfalls zieht er über seinen Pullover noch etwas darüber.

Er hat noch kein Frühstück gegessen. Jetzt muss er an Mirabell denken: „Für sie ist ein Frühstück immer sehr wichtig gewesen." Er wird später frühstücken und hofft, dass es dann auch etwas wärmer sein wird. Zenit fragt sich, wie es wohl Mirabell in der Zwischenzeit ergangen ist.

Es fällt ihm auf, dass er Maulhu nichts von Mirabell erzählt hat. Es ist aber auch gar nicht die Sprache darauf gekommen, verteidigt er seine Gedanken gegen sich selbst. Doch insgeheim muss er zugeben, dass Mirabell ihm fehlt.

Was ist, wenn er sie zufällig unterwegs wieder trifft? Doch dann schiebt er den Gedanken schnell beiseite. Das Gelände hier ist so groß und unüberschaubar, dass es reiner Zufall wäre, wenn sie sich hier wieder begegnen würden.

Dieser Waldabschnitt ist sehr langgestreckt, Zenit hat manchmal den Eindruck, dass er nie enden würde. Doch er lässt sich davon nicht entmutigen. Tapfer geht er weiter. Er ignoriert, dass er müde wird und Hunger bekommt.

Er möchte mindestens bis in den Abend hinein noch laufen. Er hat gute Erfahrungen damit gemacht, dass er gleich bei seinem Schlafplatz sein Abendessen zu sich nimmt.

Jetzt kann es eigentlich nicht mehr so lange dauern, bis er die Grenze des Waldes erreichen wird. Wenn er so weiterläuft, ist er bestimmt in zwei Tagen dort. Dieser Gedanke motiviert ihn noch mehr.

Erst am späten Abend macht er vor einem großen Berg, neben dem ein Baum mit weit ausladenden Ästen und einem dichten Blätterwerk steht, halt.

„Das ist ein guter Platz für die Nacht, da bin ich geschützt", denkt er sich. Zenit ist zufrieden mit der Strecke, die er heute zurückgelegt hat. Jetzt kann er in Ruhe sein Abendessen zu sich nehmen.

Währenddessen denkt er die ganze Zeit nach, er lässt seine bisherige Reise noch einmal vor seinen Augen ablaufen. Er stellt sich die Frage, ob es sich gelohnt hat, diese Mühen und Anstrengungen auf sich zu nehmen.

Doch während er so überlegt, stellt er fest, wie glücklich und zufrieden er in den letzten Tagen gewesen ist. So hat er sich schon lange nicht mehr gefühlt. Er hat es genau richtig gemacht.

Er hofft inständig, dass es Mirabell in der Zwischenzeit gut ergangen ist und dass sie ihren eigenen Weg gefunden hat. Eigentlich hat er sich vorgenommen, sich nach dem Abendessen noch ein wenig auszuruhen und einfach nur dazusitzen, um die Landschaft auf sich wirken zu lassen. Aber als er mit dem Essen fertig ist, schläft er ganz unvermittelt ein.

Am nächsten Morgen wecken ihn die ersten Strahlen der aufgehenden Sonne. Er blinzelt, dabei muss er nachdenken, wo er sich jetzt befindet. Es fällt ihm jedoch gleich wieder ein. Er möchte heute noch einmal so einen langen Weg schaffen, wie er ihn gestern schon zurückgelegt hat, darauf ist er richtig stolz.

Vielleicht kommt er heute noch in einen neuen und letzten Waldabschnitt, laut der Beschreibung von Kaspi sollte es bald soweit sein.

Mit dieser Vorstellung macht sich Zenit nach dem Frühstück auf für den Weitermarsch. Er kommt mit sicheren Schritten gut voran. Plötzlich ändert sich das Wetter schlagartig. Es schieben sich dunkle Wolken vor die Sonne, es wird richtig dunkel.

„Hoffentlich kommt nicht wieder so ein Sturm auf", denkt sich Zenit. Tapfer geht er weiter, schaut jedoch immer wieder zum Himmel.

Der Regen lässt nicht lange auf sich warten. Zenit stellt sich unter den nächsten Baum. Dabei sucht er in seinem Rucksack nach einer Regenbekleidung, die er mitgenommen hat. Er ist dankbar dafür, denn so kann er weitergehen, ohne viel Zeit zu verlieren.

Er muss sich einen Platz zum Unterstellen suchen, bis der Regen nachlässt oder aufhört. So schnell findet er jedoch keinen.

Endlich taucht da ein riesengroßer Baum vor ihm auf. „Da geht es bestimmt", denkt er sich und stellt sich unter. Er merkt nichts mehr vom Regen. Er zieht seine Regenbekleidung erst einmal aus. „Jetzt wird sich meine Reise doch verzögern", denkt Zenit verärgert.

Der Regen hätte nicht dazwischenkommen dürfen. Er kann erst weiterziehen, wenn es aufhört zu regnen und er trocken ist. Er nutzt die Zeit, um zu essen und um das nachzuholen, was er gestern Abend schon machen wollte: Er betrachtet intensiv die Landschaft und lässt sie auf sich wirken. Doch so schön wie gestern beim Sonnenuntergang ist sie heute nicht. Kein Wunder, wenn ständig der Regen herunterprasselt.

Zenit sitzt unter dem Baum und er wartet ab, dabei wird er immer ungeduldiger. Das Wetter wird jedoch nicht besser, es verändert sich kaum. Es wird ihn mindestens einen halben Tag kosten, die Zeit wird er länger unterwegs sein müssen.

Doch mit Rückschlägen oder unvorhergesehenen Ereignissen sollte er immer rechnen. Es war Zufall oder Glück, dass so etwas nicht schon öfter vorgekommen ist. Zenit bleibt einfach sitzen und wartet weiter ab.

Er hat richtig vermutet: Bis zum Abend hat das Unwetter nicht nachgelassen. „Ich bleibe bis morgen hier", entscheidet er sich. „Dann kann ich mich einmal gut ausruhen und meine Kräfte sammeln. Vielleicht kann ich die verlorene Zeit dann wieder aufholen."

So ist er getröstet und macht sich beim Sonnenuntergang sein Abendbrot zurecht. Es ist gut, dass er hier unter diesem Baum so geschützt ist, sonst wäre ein Essen nicht möglich.

Er fragt sich, wann er vielleicht wieder einmal auf ein anderes Lebewesen treffen wird. Der Abend gestern mit Maulhu ist sehr angenehm gewesen. Normalerweise ist er gar nicht so ein Gemeinschaftsmensch, aber ab und zu ist ihm doch nach Gesellschaft zumute. Es wird sich schon alles zur rechten Zeit finden.

Mit diesen Mut machenden Gedanken macht Zenit sich auf den Weg in den neuen Tag hinein. Durch den starken Regen von gestern ist der Boden aufgeweicht. Es ist alles recht matschig, teilweise noch sehr nass. Das macht Zenit nichts aus. Es ist wichtig, dass er heute eine lange Wegstrecke zurücklegen kann. Das Wetter meint es jedenfalls gut mit ihm, die Sonne steht schon hoch am Himmel. Sie wärmt ihn, das tut richtig gut.

Die nächste Unterbrechung seiner Wanderung lässt aber nicht allzu lange auf sich warten.

Um die Mittagszeit steht er auf einmal vor einem hohen Zaun, der mitten in der Landschaft steht. Zenit schaut sich um, ob er zu einem Grundstück oder zu irgendeinem Gebäude gehört.

Es ist aber nichts dergleichen zu sehen.

Jetzt ist wieder einmal ein Hindernis sozusagen mitten im Weg, jedoch keine Lösung für das Problem in Sicht. Zenit verschafft sich zuerst einen Überblick über die Situation. Er versucht herauszufinden, ob er den Zaun umgehen kann. Er ist jedoch

sehr weit und langgestreckt, es scheint sich um ein fest einge-
zäuntes Gebiet zu handeln.

Er überlegt, ob er einfach darüber klettern soll. Das möchte er zwar nicht gerne machen, aber wenn es eine Lösung wäre,
um weiterzukommen, würde er es in Kauf nehmen.

So nimmt er seinen ganzen Mut zusammen. Er setzt erst einen Huf auf den Stacheldrahtzaun. Es ist eine ganz schön wacke-
lige Angelegenheit. Klettern ist er nicht gewohnt. Dann kommt
der zweite Huf.

Mit den Händen klammert er sich krampfhaft mitten am
Zaun fest. Der Draht schmerzt ganz schön.

Da muss er jetzt durch, es gibt sonst keine andere Wahl. Er
klettert weiter nach oben. Der Zaun schwankt gewaltig.

Er hat Angst, dass er abrutscht und hinunterfällt. Er sieht
nicht nach unten, er setzt immer einen Huf vor den anderen. Er
wartet nach jedem Schritt ab, bis der Zaun nicht mehr so hin-
und herschwingt.

Zenit ist oben am Zaun angelangt. „Huh, da geht es ganz
schön in die Tiefe", denkt er sich, als er aus Versehen nach unten geschaut hat.

Jetzt muss er auf die andere Seite klettern. Er kann sich kaum
an dem dünnen Draht festhalten.

Er schwingt seinen rechten Huf über den Zaun. Er findet einen Halt, doch der Zaun schwankt zu sehr, als dass er weitermachen könnte.

Jetzt biegt sich der Zaun unter seinem Gewicht weit nach unten. Mit einem Mal verliert Zenit seinen Halt. Er lässt los und fällt.

„Ich weiß nicht, ob ich unten heil ankomme", denkt er sich
noch, dann verliert er sein Bewusstsein.

Als er wieder aufwacht, befindet er sich in einer ihm unbekannten Holzhütte in einer fremden Umgebung.

Er liegt in einem Bett, sein Rucksack steht neben ihm. Schmerzen
hat er keine. Das ist gut, weil er sich bei seinem Absturz dann nicht
verletzt hat. Er ist durch den Schreck nur ohnmächtig geworden.

Zenit ist nicht allein. Draußen hört er ein Singen. Eine ältere,
hutzlige Frau steht vor einem Messingkessel und kocht irgend-

etwas, was er nicht erkennen kann. Es riecht jedoch sehr gut bis zu ihm in die Hütte hinein.

„Wer bist du?", ruft Zenit vom Inneren der Hütte nach draußen.

„Ah, du bist aufgewacht, hast du dich von deinem Sturz erholt?", fragt sie und lässt ihren Kessel im Stich. Sie geht zu ihm in die Hütte hinein. „Ja, ich scheine mich auch nicht verletzt zu haben", antwortet Zenit.

„Ja, du hast dich nicht verletzt", stimmt die Frau Zenit zu. „Du bist von dem Sturz nur ohnmächtig geworden. Ich bin Eugenie, eine Fee, ich lebe hier schon lange. Wer bist du? Warum hast du über meinen Zaun steigen wollen?" „Das ist euer Zaun?" fragt Zenit. „Mir ist vorher kein Gebäude und kein Grundstück aufgefallen." „Die Hütte ist ja auch nicht direkt am Zaun, sondern doch etwas weiter entfernt", erklärt Eugenie.

„Okay, ich wollte bestimmt nicht bei dir eindringen" erklärt Zenit. „Ich bin unterwegs zu der Grenze des Waldes." „Was willst du denn da? Da gibt es doch nichts Interessantes." „Weißt du etwa, was sich jenseits des Waldes befindet?", fragt Zenit ganz aufgeregt.

„Nicht dass ich wüsste", erwidert Eugenie. „Ich kann es mir nicht vorstellen, dass es an einem anderen Ort interessanter sein soll, als hier." Zenit ist seine Enttäuschung diesmal richtig anzumerken. „Ich bin gespannt, wann ich mein Ziel erreiche" sagt Zenit. Er kämpft gerade gegen das Gefühl, aufgeben zu wollen, an.

„Du bist nun schon so weit gekommen, warum solltest du es nicht bald erreichen?", entgegnet Eugenie. „Du denkst, dass ich es in der nächsten Zeit schaffen werde?", fragt Zenit schon hoffnungsvoller. „Na klar, du bist so weit gekommen, du schreckst nicht vor Hindernissen zurück, wie ich festgestellt habe. Du hast schon deinen ganzen Mut bewiesen. Was soll dich noch aufhalten?"

Zenit schluckt, denn er weiß, dass Eugenie recht hat „Ich habe einen kurzen Moment daran gedacht, nicht mehr weiterzugehen, das stimmt, aber es ist nicht ratsam, so kurz vor dem Ziel aufzugeben" spricht sich Zenit selbst Mut zu. „So gefällst du mir schon besser! Soweit kann es wirklich nicht mehr sein.

Ich weiß es zwar nicht genau, aber in ca. zwei Tagen könntest du dort sein."

Zenits Gesicht hellt sich auf. „Das schaffe ich auch noch", sagt er selbstsicher. „Ja, wenn du angekommen bist, kannst du dir überlegen, ob du weiter wandern möchtest, oder ob du dortbleibst. Natürlich kommt es auch darauf an, wie es dir jenseits der Grenze des Waldes gefällt, ob du es dir vorstellen kannst, dort zu leben. Ich kann mir nicht vorstellen, dass es woanders besser sein könnte zu leben als hier."

„Das beneide ich schon, wenn jemand seinen Platz im Leben gefunden hat und glücklich ist", gibt Zenit zu. „Das ist es, was mir fehlt." „Du bist auf der Suche nach deinem Glück", stellt Eugenie fest. „Jetzt musst du dich erst einmal noch etwas ausruhen und wieder zu Kräften kommen, ehe du weiterziehst. Du bist eingeladen, hier die Nacht zu verbringen."

„Das mache ich gerne, so ein Sturz ist nicht zu unterschätzen, ich muss mich erst einmal davon erholen", gibt Zenit zu. „Lebst du allein hier?", will Zenit wissen. „Ja, seit einem Jahr, mein Mann ist verstorben." „Das tut mir leid", bringt Zenit nur hervor. „Abschied gehört zum Leben dazu, ich habe mich hier wieder neu eingerichtet", lächelt Eugenie zufrieden.

Zum Abendbrot kocht Eugenie eine sehr leckere, gesunde Suppe, beide verzehren sie mit großem Appetit. Zenit erzählt von seiner Reise, dass er anfangs zusammen mit Mirabell unterwegs gewesen war und wie sie dann durch den Orkan getrennt worden sind.

„Das ist richtig tragisch", gibt Eugenie zu. „Ich hätte mich allerdings ebenfalls davor gescheut, noch länger nach Mirabell zu suchen. Wer weiß, wohin sie geweht worden ist. Wenn Naturkräfte im Spiel sind, ist es wichtig, auf sich selbst zu achten und sich in Sicherheit zu bringen. Vielleicht stoßt ihr jenseits der Grenze des Waldes ja wieder aufeinander."

„Das hat Maulhu ebenfalls schon behauptet", berichtet Zenit. „Siehst du, wenn mehrere unabhängig voneinander etwas behaupten, ist häufig etwas Wahres dran."

Den Rest des Abends erzählt Eugenie von ihrem Leben mit ihrem Mann, dass sie keine Kinder haben, aber dennoch zufrieden und glücklich miteinander gewesen waren.

Schließlich werden beide müde. Zenit ist es anzumerken, dass ihm der Sturz von dem Drahtzaun richtig viel Kraft gekostet hat. Es ist ihm nicht unrecht, als Eugenie vorschlägt, schlafen zu gehen.

Sie geht in ihre Schlafkammer, während für Zenit ein Schlafplatz in der Nähe des Ofens bereitsteht. Er fühlt sich wohl und ist dankbar, dass er hier sicher untergebracht ist.

Mit seinen Gedanken ist er jenseits der Grenze des Waldes. Sein Ziel scheint ihm jetzt ganz nah zu sein. Er ist überzeugt, dass er es in den nächsten Tagen erreichen wird und dass damit für ihn ein neuer Lebensabschnitt beginnt. Damit schläft er zufrieden ein.

Am nächsten Morgen wird er davon geweckt, dass Eugenie schon am Herd aktiv ist. „Ich wollte dich nicht wecken, aber du willst sicher früh aufbrechen, weiterziehen und den Tag nutzen." „Du kennst mich aber schon wirklich gut", sagt Zenit ganz überrascht. „Ich habe gestern deiner Erzählung ja auch sehr aufmerksam zugehört", antwortet sie ihm und kocht Kaffee.

Zenit geht ins Bad, um sich zu duschen, dann zieht er sich an. Jetzt ist es wieder so eine letzte Mahlzeit mit einem Lebewesen, bevor er allein weiterziehen muss.

Gemeinsam lassen sie sich ein tolles Frühstück schmecken. „Wie hast du in meiner Hütte geschlafen?", möchte Eugenie wissen. „Sehr gut, ich bin erst aufgewacht, als du in der Küche mit der Vorbereitung begonnen hast", berichtet Zenit.

„Das freut mich. Falls du jemals wieder hier vorbeikommen solltest, bist du jederzeit herzlich willkommen."

„Das ist gut zu wissen. Ich weiß auch tatsächlich nicht, was geschehen wird, wenn ich angekommen bin. Ich weiß nur, dass dann ein neuer Lebensabschnitt für mich beginnen wird, wie auch immer er aussehen wird." „Lass es doch einfach auf dich zukommen", rät ihm Eugenie.

„Das werde ich auch, denn ich kann nicht sagen, ob es mir dort so gut gefallen wird, dass ich für immer bleiben werde, oder ob ich weiterziehen muss." „Was machst du, wenn du Mirabell wieder triffst?"

„Diese Frage habe ich mir ebenfalls schon gestellt. Ich habe darauf keine Antwort gefunden. Ich muss es auf mich zukommen lassen. Ich persönlich halte die Wahrscheinlichkeit jedoch für sehr gering. Es wäre ein großer Zufall."

„Ich wünsche dir jedenfalls, dass du dein Glück findest, wie auch immer du dich entscheiden wirst." „Danke schön, das ist sehr lieb von dir." Sie frühstücken in Ruhe zu Ende, ohne dass Zenit eine innerliche Unruhe zum Weiterziehen überkommt. Doch nach dem Frühstück schiebt er den Abschied nicht mehr lange hinaus.

Es folgt eine sehr herzliche Verabschiedung. Zenit macht sich mit dem Gefühl auf den Weg, eine Freundin fürs Leben gewonnen zu haben. Er befindet sich nun hier in einem Waldabschnitt mit dicht nebeneinanderstehenden und hochgewachsenen Bäumen, der gesamte Boden ist eine einzige Grasfläche.

„Das macht überhaupt nichts", denkt sich Zenit. „Hier kann man wenigstens schön angenehm gehen." So kommt er den ganzen Tag gut voran. Da er mittags keinen Hunger verspürt, läuft er einfach weiter. Jetzt sind keine Hindernisse im Weg, er trifft auch niemanden.

„Es macht mir nichts aus, so komme ich wenigstens gut vorwärts. Ob am Ende schon die Grenze des Waldes sein wird?" Er denkt, dass er bestimmt noch einen oder zwei Tage im Wald unterwegs sein wird. „Ich glaube, dass ich es bald geschafft haben werde." So spricht er sich selbst immer wieder Mut zu.

Am späten Nachmittag schließlich hat Zenit doch Hunger. Unter einem besonders schönen und großen Baum bleibt er stehen. Hier macht er es sich gemütlich und packt seine Vorräte aus. Da er die letzten beiden Tage bei Eugenie zu Gast war, hat er seine Vorräte aufgespart.

Er kann sich hier auch einmal umschauen, ob es Früchte gibt, die er sammeln könnte. „Wer weiß, was noch alles passiert", denkt er.

Er hat nicht vor, hier zu schlafen. Es ist für ihn noch zu früh, um gleich ein Nachtlager aufzuschlagen. Nachdem er sich noch ein bisschen ausgeruht hat, packt er seine Vorräte wieder ein.

Unterwegs schaut er sich sehr aufmerksam nach Früchten um. So auf Anhieb findet er keine. Er hat das Gefühl, dass er da schon länger suchen muss. Jetzt ist nur keine Zeit, um vom Weg abzuweichen, sonst verliert Zenit die eingeschlagene Richtung aus den Augen.

Er läuft tapfer weiter und hält dabei immer aufmerksam nach Beeren Ausschau. Es ist ja nicht so, dass er nichts mehr zu essen hätte, aber es ist sicherlich immer gut, seine Vorräte aufzufüllen.

Langsam wird es Abend. Zenit merkt es daran, dass es kühler wird. „Ich muss mich bald nach einem geeigneten Schlafplatz für die Nacht umsehen, aber ich vermute, ich werde heute nichts Passendes finden", denkt er sich. Er hat sich nicht getäuscht. Es ist kein geeigneter Baum oder Platz in Sicht. Es wird langsam dunkel, die Sonne geht unter. „Jetzt wäre es aber schon gut, wenn ich etwas finden würde", denkt sich Zenit. „Außerdem wird es richtig kalt."

Schließlich kann er den Weg vor sich nicht mehr genau erkennen. „Heute ist es seltsam, ich glaube, ich habe zum ersten Mal keinen richtigen Schlafplatz gefunden. Ich muss mitten unter freiem Himmel schlafen."

So bleibt er an der Stelle, wo er sich befindet, und geht zum nächsten Baum, auch wenn dieser nicht allzu groß und schützend ist. „Es darf dann heute Nacht einfach nicht regnen", sagt sich Zenit.

Er packt seine Sachen aus und kuschelt sich in seinen Schlafsack sowie in seine Decke.

Er ist stolz darauf, so viel von dem Weg geschafft zu haben. Er ist kurz vor seinem großen Ziel. Er kann das richtig spüren. „Morgen oder übermorgen bin ich bestimmt dort", freut sich Zenit.

Die ganze Anstrengung und der lange Weg haben sich gelohnt. Es ist gut, dass er die letzte Wegstrecke nicht mit Mirabell unterwegs gewesen ist, denn sonst wäre er nicht so schnell vorwärtsgekommen. Er hofft aber inständig, dass es ihr gut geht und dass sie ebenfalls viel von ihrem Weg geschafft hat.

Mit diesen Gedanken schläft er friedlich ein. Die Nacht über bleibt es trocken. Er merkt fast gar nichts von seinem nicht ganz so geschützten Schlafplatz, doch als es langsam Tag wird, fängt es leicht zu regnen an.

Dadurch wacht Zenit auf. „Ausgerechnet jetzt, wo ich losziehen möchte, muss es regnen", denkt er sich.

Er hat sich noch nie vom Wetter aufhalten lassen und zieht los. Er denkt nicht einmal an sein Frühstück.

Er zieht seine Regenkleidung an, so ist er einigermaßen geschützt. Hoffentlich bleibt es so mild.

Um die Mittagszeit herum wird der Regen stärker. Für Zenit ist das ein Zeichen für eine Pause, schließlich hat er heute nicht gefrühstückt. Diesmal findet er einen Baum, der groß genug ist, dass er nicht nass wird.

Er hat sich richtig entschieden, denn mit einem Mal prasselt der Regen nur so auf den Baum und die Umgebung herab. Zenit bekommt nichts ab, er kann in Ruhe essen. „Ob ich heute noch weitergehen kann oder muss ich eine Zwangspause einlegen?"

Er hat es ja schon einige Male erlebt, dass es höhere Gewalt gewesen ist, dass er nicht vorwärtsgekommen ist. „Wer weiß, wofür es gut gewesen ist oder auch wofür es gut ist, dass es jetzt regnet", denkt sich Zenit. „Es hat alles seinen Grund." Mit diesen Gedanken lässt er seinen Blick in die Ferne schweifen.

Auf einmal sieht er am Horizont etwas, womit er nicht gerechnet hat. Er traut seinen Augen kaum. Gestern hat er den ganzen Tag angestrengt danach Ausschau gehalten und jetzt, da er hier quasi eine Zwangspause machen muss, entdeckt er sie rein zufällig. Das kann doch wirklich nicht wahr sein!

Da wachsen Früchte und Beeren, die er gesucht hat. Er braucht jetzt einfach nur zu warten, bis der Regen nachlässt oder aufhört, dann kann er seine Vorräte auffüllen. Momentan sieht es jedoch gar nicht danach aus.

Es regnet immer kräftiger. „Ich bleibe einfach hier sitzen", denkt sich Zenit. „Auf einen halben Tag mehr oder weniger wird es nicht ankommen." Gute zwei Stunden regnet es durch, dann kommt langsam die Sonne hervor.

Der Regen lässt nach, Zenit wagt sich so langsam unter seinem Baum hervor. Er geht gleich zu der Stelle, wo er die Früchte entdeckt hat. Jetzt kann er seine Vorräte auffüllen. Das Warten hat sich wirklich gelohnt!

Er verstaut alles, damit er bald weiterziehen und den Rest des Tages ausnutzen kann. Hier ist es ja ganz schön, aber vielleicht findet er gegen Ende des Tages noch einen viel besseren Schlafplatz.

Der Wiesenboden ist noch nass, er kommt jedoch gut voran. Die Sonne wird kräftiger, die Wolken am Himmel ziehen weiter.

Mit einem Mal verändert sich der Waldboden und die Wiese verschwindet völlig. Zenit sieht es nicht nur, er kann es deutlich unter seinen Hufen spüren.

Wo er eben noch über weiches Gras gelaufen ist, sind jetzt auf einmal viele kleine Steinchen, die wie Kieselsteine aussehen.

„Bin ich jetzt in einer Steinwüste gelandet?", denkt sich Zenit. Bäume sind hier auch, doch sie gleichen eher Kakteen. Sie sind groß und oval und kleine, spitze Stacheln sprießen heraus. „Heute Nacht werde ich bestimmt nicht unter einem Baum schlafen. Da muss ich mir etwas anderes suchen."

Diese Gegend sieht so aus, als könnte sie der letzte Waldabschnitt auf seinem Weg sein. Zenit hofft es jedenfalls, das treibt ihn richtig an weiterzulaufen. Doch als er gerade so fröhlich unterwegs ist, versperrt ihm etwas den Weg. Er sieht es schon von Weitem. „Was ist denn das für ein Lebewesen, so jemanden habe ich noch nie gesehen." Es hilft nichts, er kann nicht ausweichen.

Beim Näherkommen stellt er fest, dass es ein Tier ist. Es sieht wie ein Steinbock mit gebogenen Hörnern aus.

„Ich bin Zenit, ich komme in friedlicher Absicht!", stellt sich Zenit seinem Gegenüber vor. Der Steinbock antwortet nicht, er senkt den Kopf, sodass Zenit seine gebogenen Hörner sehen kann.

„Wenn er mir nicht antwortet, werde ich versuchen, an ihm vorbei zu laufen." Er hat sich schon gedacht, dass der Steinbock ihm den Weg versperren wird. Dieses Tier passt so richtig in die Steinwüste. Wahrscheinlich lebt er sonst auf einem Felsen. Ganz gleich in welche Richtung Zenit ausweichen möchte, der Steinbock stellt sich ihm immer wieder in den Weg.

„Jetzt ist guter Rat teuer", denkt sich Zenit. „Dieses Mal habe ich ein lebendes Hindernis, das nicht spricht und mit dem ich nicht verhandeln kann."

Der Steinbock geht zum Frontalangriff über und rennt direkt auf Zenit zu. Zenit springt nach links und er springt nach rechts, aber er kann nicht ausweichen und gleichzeitig seine Richtung beibehalten. Das Tier ist schon ganz nah, er sieht seine spitzen, gebogenen Hörner, die auf ihn gerichtet sind.

Zenit rennt panisch davon, ohne auf die Richtung zu achten. „Das auch noch", denkt sich Zenit, „jetzt verliere ich meinen Weg aus den Augen." Darüber kann er aber nicht nachdenken, denn er muss sich in Sicherheit bringen.

Er rennt und rennt, ohne auf seinen Weg zu achten. Er hört es einmal mehr und einmal weniger laut hinter sich schnauben und schnaufen – ein Zeichen dafür, dass der Steinbock ihm dicht auf den Fersen ist.

„Wenn ich mich doch irgendwo verstecken oder verkriechen könnte", denkt sich Zenit. „Da oben ist ein Felsen! Wenn ich da hinauflaufe, kann mich der Steinbock vielleicht nicht mehr verfolgen."

Er läuft und schnauft dabei, jetzt ist er fast oben auf dem Hügel angekommen. Einen Moment lang passt er nicht auf. Er übersieht ein Hindernis, ein größeres Loch, das sich wohl mitten auf dem Hügel befindet.

Als Zenit es bemerkt, ist es leider schon zu spät: Er verliert seinen Halt und fällt durch die Öffnung mehrere Meter nach unten. „Jetzt ist es aus, diesen Absturz überlebe ich bestimmt nicht unverletzt!"

Doch er wird nicht ohnmächtig, er fällt auch nicht hart, nein, er ist im Wasser gelandet! „Das kann doch jetzt nicht wahr sein", denkt er. Aber wenigstens ist er auf diese Art und Weise den Widder losgeworden.

Er lässt sich von dem Gewässer treiben, das ihn wo auch immer hinbringt. Wo und wie kommt er nun an Land? Er muss es zulassen, dass er nicht mehr Herr der Lage ist. Er lässt sich treiben.

Wenn er Glück hat, ist er auf direktem Weg zu seinem Ziel gekommen, wenn nicht, ist der Fluss für ihn ein Rückschlag.

Er schwimmt in einem unterirdischen Fluss durch einen Felsen. Zenit vermisst die schöne Landschaft, die er bisher gesehen hat. Wo soll es denn nur hingehen? Mit einem Mal gelangt er durch eine große Felsöffnung hinaus ins Freie.

„Ich muss irgendwie an das Ufer kommen." Zenit schwimmt mit aller Kraft, er muss immer dagegen ankämpfen, nicht von der Strömung mitgerissen zu werden.

Mit kräftigen Stößen schafft er es, er klettert auf eine Wiese. Seinen Rucksack zieht er hinter sich her. Er ist ganz nass geworden.

Zenit muss sowieso eine Pause machen, die Flucht vor dem Widder ist anstrengend gewesen. Er stellt fest, dass er sich noch immer im gleichen Waldabschnitt befindet. Wie er jetzt seine Richtung wiederfinden soll, ist ihm ein Rätsel.

Aber er ruht sich erst einmal aus. Vielleicht sollte er einfach loslaufen. Allzu viele andere Möglichkeiten werden ihm nicht bleiben, wenn nicht irgendein Lebewesen auf ihn zukommt, das er fragen kann.

Zenit ist froh, dass er erst einmal sitzen kann. Die Gegend sieht wirklich so aus, wie da, wo er den Weg ins Ungewisse aufgenommen hat. Er isst und trinkt und ruht sich aus. „Ich muss heute noch ein Stück des Weges bewältigen."

Er packt seine Sachen zusammen und zieht weiter. Es scheint später Nachmittag zu sein, denn es wird kühler. „Dann kann ich mir bald schon wieder einen Platz zum Schlafen suchen."

Plötzlich kommt ein seltsamer Vogel auf ihn zu. „Wer bist du, wer bist du?", fragt er und flattert aufgeregt vor Zenit hin und her. „Ich heiße Zenit, wer bist du?", fragt Zenit zurück und ist froh, ein nettes Wesen getroffen zu haben.

„Ich bin Split, Split." Er flattert nach wie vor aufgeregt hin und her. „Wo willst du hin, wo willst du hin?", fragt ihn Split.

„Du bist aber sehr lebendig!", stellt Zenit fest. „Ich bin immer unterwegs, immer unterwegs!", bestätigt Split. „Wo willst du hin, wo willst du hin?", fragt er abermals.

„Ich möchte zu der Grenze des Waldes, ich bin bestimmt noch weit davon entfernt", sagt Zenit mehr zu sich selbst als zu Split. „Ohhhhhh, da ist es wunderschön, wunderschön!", bekommt Zenit zur Antwort.

„Du warst schon da? Du weißt, wo die Grenze des Waldes ist? Wie sieht es dort aus?" „Ohhhhh, wunderschön, du wirst es schon selbst sehen! Es ist nicht mehr weit von hier entfernt. Morgen hast du die Grenze erreicht!" Zenit ist dankbar, Split getroffen zu haben.

„In welche Richtung muss ich weitergehen?", fragt er. „Immer nur geradeaus, geradeaus, dann kommst du direkt auf die Grenze zu. Dann möchtest du immer dortbleiben, stimmt es, stimmt es?"

„Ich weiß es nicht, ich war ja noch nie dort. Aber wenn du sagst, dass es dort wunderschön ist, gefällt es mir sicher auch." „Aber warum bleibst du nicht für immer dort?", wundert sich Zenit.

„Ich wohne mit meiner Familie hier, sie wollen nicht umziehen, umziehen", erzählt Split. Er ist sich fast sicher, dass es so sein wird.

Zenit weiß zwar immer noch nicht, wie es dort aussieht, aber zumindest hat er erfahren, dass es ein wunderschöner Fleck Erde sein soll.

„Ich muss weiter, wir sehen uns dort, sehen uns dort!", verabschiedet sich Split, der es auf einmal sehr eilig hat. „Wo willst du hin?", ruft ihm Zenit nach.

Doch Split ist schon außer Hörweite. „Da kann ich nichts machen, er hat mir aber sehr wertvolle Auskünfte gegeben. Ich weiß jetzt, dass ich nicht mehr weit von meinem Ziel entfernt bin und dass ich sehr wahrscheinlich morgen dort ankommen werde. Ich hoffe nur, dass mir bis dorthin kein Widder oder anderes Tier, das mich vom Weg abbringen könnte, begegnen wird."

Seine Sorge ist unbegründet. Bei gutem Wetter kommt Zenit den ganzen Tag gut voran. Er hat es im Gefühl, dass für ihn bald ein neuer Abschnitt auf seinem Weg beginnen wird. Dies spiegelt sich auch in der Landschaft wider.

Am späten Nachmittag macht er nach guter Gewohnheit eine Pause, um zu essen und sich auszuruhen. Wenn Split ihm die Wahrheit gesagt hat, ist die neue Gegend wunderschön. Er glaubt ihm, denn warum sollte er ihm nicht die Wahrheit sagen. „Möchte ich denn dortbleiben, wenn es mir gut gefällt?" Diese Frage stellt sich Zenit immer wieder.

„Am besten entscheide ich mich, wenn ich tatsächlich dort bin. Ich möchte nicht allzu schnell mit meinen Gedanken und Entscheidungen sein. Sollte es mir überhaupt nicht gefallen, werde ich Eugenies Einladung annehmen, wieder bei ihr Gast sein zu dürfen."

Für Zenit ist es immer beruhigend, wenn er noch einen Plan B hat, eine Alternative. In diesem Fall ist er sich aber fast sicher, dass er sich für die neue Gegend entscheiden wird.

Mit diesen Vorstellungen und Wünschen macht sich Zenit auf zum nächsten Wegabschnitt – es wird der spannendste auf dem ganzen Weg, den er bisher zurückgelegt hat, da ist er sich sicher. Er läuft solange, bis die Sonne beginnt, wieder unterzugehen.

„Ich denke, ich suche mir einen Schlafplatz für die letzte Nacht im Wald." Zenit freut sich richtig. Noch hat er keinen schönen Baum oder Platz entdeckt. „Heute muss ich tatsächlich etwas länger suchen", stellt er fest. „Hier ist es überall nicht so geschützt, wie ich es kenne." Tapfer läuft er weiter, obwohl es schon fast dunkel ist.

„Hui, was steht denn da vorne? Das sieht doch fast wie ein Zelt aus, nur aus Blättern. Das ist aber ein seltsamer Baum."

Aber da ist tatsächlich eine Öffnung. So hat er einen guten, windgeschützten Unterschlupf für die Nacht gefunden. Sonst hat er doch immer so halb im Freien geschlafen. Diesmal kann ihm kein Regen oder Sturm etwas anhaben.

Er überlegt nicht mehr lange, er richtet sich ein. „Ich lege mich gleich hin, ich kann sowieso nichts mehr sehen", denkt sich Zenit und packt dabei seinen Schlafsack aus.

Er schläft wunderbar in dem Blätterzelt. Vom Wetter um ihn herum bekommt er nichts mit.

Frisch ausgeruht erwacht er am nächsten Tag. Jetzt kann es weitergehen, hin zu seinem Ziel, wohin er schon die ganze Zeit unterwegs gewesen ist. Er frühstückt, um genügend Kraft für seinen letzten Wegabschnitt zu haben.

Ganz sorgfältig packt er seine Sachen. Hier ist ein ganz guter Platz, vielleicht schon ein Vorbote seiner neuen Umgebung.

Es ist wunderbares Wanderwetter. Zenit startet los. Er hofft, dass er nicht mehr den ganzen Tag laufen muss, denn er spürt, dass er nach der ganzen Zeit mit all den anstrengenden Abenteuern, die er erlebt hat, eine längere Pause brauchen kann.

Doch dieser Waldabschnitt scheint sich ganz besonders hinzuziehen. „Das kann ja nicht sein. Da möchte ich schnell bei der Grenze des Waldes ankommen, aber sie will und will nicht erscheinen."

Es ist Mittag, der Wald lichtet sich nicht. „Ich befürchte, so bald wird es nichts mit einer Pause, ich muss vor Sonnenuntergang da sein!"

Tapfer marschiert Zenit weiter, obwohl er schon längst wieder hätte essen wollen. Am späten Nachmittag beschließt Zenit, eine Pause zu machen, da er schon sehr erschöpft ist. „Wenn ich morgen erst ankomme, macht es auch nichts."

Doch da bekommt er große Augen! Er kann es kaum fassen! Da vorne lichtet sich der Wald! Er starrt dorthin. Nein, es ist keine Einbildung. Da hört der endlos erscheinende Wald, den er jetzt durchquert hat, auf und eine völlig neue Gegend, die er noch nicht erkennen kann, beginnt.

Am liebsten würde Zenit gleich dorthin laufen, aber sein Hunger ist einfach zu groß. Sein Ziel, es läuft nicht weg, er kann es deutlich sehen. Er kann aber seine Augen nicht mehr davon abwenden.

Das ist das Ziel, das er so lange verfolgt hat, jetzt hat er es endlich erreicht! Das ist ein Moment, den er am Liebsten feiern möchte. Dazu muss er erst einmal wissen, wie es dort ist. Sobald es ihm möglich ist, isst er in Ruhe zu Ende. Er packt seine Utensilien wieder ein und schnallt sich seinen Rucksack um. Langsam und bewusst geht er auf die Grenze des Waldes zu.

Zenit kann noch nicht erkennen, was sich auf der anderen Seite befindet. Dazu ist er noch viel zu weit entfernt. Aber er freut sich riesig. Jetzt kommt sicher nichts mehr dazwischen. Doch da hat er sich gewaltig geirrt.

Als er näher an die Grenze herangeht, ist der Weg dorthin auf einmal versperrt. Eine große Hecke steht vor ihm. Woher kommt sie denn nur so plötzlich? Er hat sie gar nicht bemerkt, als er auf die Grenze zugegangen ist. Ganz verdutzt und unschlüssig, was er jetzt machen soll, steht Zenit da.

Kommt ihm das nicht irgendwie bekannt vor? Hat er nicht, als er vor längerer Zeit noch in seiner Höhle gelebt hat, von so einer Situation geträumt? Das kann doch nicht wahr sein! Zenit hat Angst, dass sich der zweite Teil seines Traumes ebenfalls bewahrheitet: Da hat sich eine Steinwüste jenseits des Waldes befunden und das hat ihm überhaupt nicht gefallen. Split hat ihm allerdings erzählt, es sei wunderschön auf der anderen Seite der Grenze. Daran muss er sich jetzt festhalten.

Er gibt jetzt nicht kurz vor seinem Ziel auf, das ist nicht seine Art. Er muss versuchen, die Hecke zu überwinden. Er hat aber keine Ahnung, wie er das machen kann. Er will zuerst einmal feststellen, wie lang diese Hecke ist. Vielleicht kann er einfach um sie herumlaufen.

Er geht entlang der Hecke, aber es ist kein Ende zu erkennen. „Ich glaube, ich sollte es gar nicht mit der Gegenrichtung versuchen", denkt sich Zenit und läuft zu seinem Ausgangspunkt zurück. Im Traum hat er ein Loch gebohrt.

„Es ist gut, dass ich alles schon einmal geübt habe", denkt sich Zenit und grinst dabei. Doch nach Lachen ist ihm nicht zumute. Er hat nichts, womit er ein Loch in die Hecke machen könnte.

„Ich muss wohl oder übel noch einmal zurückgehen und mich dabei aufmerksam umschauen, ob ich so einen Gegenstand finde."

Zenit ist traurig. Es ist ein Rückschlag für ihn, weil er nun nicht mehr vorwärtskommt. Er läuft den Weg, den er eben freudestrahlend gegangen ist, jetzt bedrückt und frustriert zurück.

Er schaut sich sehr intensiv nach einem spitzen Gegenstand oder etwas Ähnlichem um. Die Äste, die er in diesem Waldabschnitt findet, sind überhaupt nicht dafür geeignet.

Er läuft nicht nur geradeaus, sondern immer wieder auch querfeldein, um einen größeren Suchradius zu haben.

Das kann doch jetzt nicht sein, dass er einen so großen Rückschritt machen muss. Er sieht weit und breit nichts, was geeignet wäre, um ein Loch zu bohren.

Je länger er läuft, desto frustrierter wird Zenit. „Es ist durchaus denkbar, dass ich heute nicht mehr weiterkomme. Dann muss ich noch einmal in diesem Waldabschnitt übernachten."

Es ist bereits später Nachmittag. Zenit stellt sich gleich darauf ein, sich einen Schlafplatz zu suchen. Aber er nimmt sich vor, dann wenigstens bei der Hecke zu übernachten, da ist er nicht mehr weit von seinem Ziel entfernt. Doch ohne spitzen Gegenstand nützt es ihm auch nicht viel.

„Was kann ich denn jetzt noch tun, ich bin völlig ratlos", gesteht Zenit sich ein. Er merkt, dass es kühler wird. Die Sonne sinkt und der Abend bricht herein.

„Das ist der schlimmste Tag auf meiner gesamten Reise und so kurz vor dem Ziel." Zenit glaubt, dass er heute nichts mehr ausrichten kann. Er läuft zur Hecke zurück. „Ich möchte wenigstens nahe der Grenze sein."

Diese tröstenden Gedanken geben ihm Kraft. Als er die Hecke wieder erreicht hat, ist es bereits fast dunkel. Dennoch isst er in Ruhe zu Abend, bevor er sich ein Nachtlager herrichtet.

Er schaut sich die Hecke noch einmal an. Sie ist undurchdringbar. Doch sie hat auch etwas Beschützendes. So kuschelt sich Zenit in seinen Schlafsack. Wenige Augenblicke später schläft er nach diesem anstrengenden Tag ein.

In der Nacht träumt er davon, dass er über die Hecke klettern würde. Dabei stürzt er wieder ab und fällt auf der anderen Seite hinunter.

„Seltsam, dass sich so verschiedene Erlebnisse wiederholen. Es fehlt nur noch, dass ich wieder bei Eugenie aufwache, denn dann wäre ich noch meilenweit von meinem Ziel entfernt." Den Rest der Nacht schläft er traumlos.

Früh am Morgen wacht er auf. Die Lage ist unverändert: Es fehlt ihm ein spitzer Gegenstand oder vielleicht eine Leiter, mithilfe welcher er über die Hecke klettern könnte.

Mit einer Leiter würde er es versuchen, da hätte er mehr Chancen, heil auf der anderen Seite anzukommen.

Er frühstückt, um für eine weitere Suche genügend Kraft und Ausdauer zu haben. Im Anschluss daran, macht er sich wieder auf den Weg. Diesmal geht er in eine andere Richtung.

Es kann ja nicht sein, dass nirgendwo etwas ist, was ihm weiterhelfen könnte. Heute hat er auch mehr Zeit zum Suchen.

Am Morgen sieht es so aus, als würde dieser Tag genauso verlaufen wie der vorherige. Er findet leider nichts Passendes, um die Hecke zu überqueren oder zu durchbrechen.

„Wenn ich nichts finde, muss ich das Risiko auf mich nehmen, ohne Hilfsmittel über die Hecke zu klettern, auch wenn ich mich dabei verletzen könnte." Zenit ist nahe daran, einen Versuch zu unternehmen.

„Die Hecke ist doch sicher stabiler als der Stacheldrahtzaun bei Eugenie, selbst da ist der Sturz nicht ganz so schlimm gewesen", erinnert er sich.

Noch gibt Zenit nicht auf, vielleicht findet er ja doch einen passenden Gegenstand für sein Vorhaben. Er nimmt sich vor, diesen Tag mit der Suche zu verbringen, denn man kann ja nie wissen. Wenn er ein Loch in die Hecke bohren würde, wäre es auf jeden Fall für ihn einfacher sowie ungefährlicher, das steht fest. Wenn es irgendwie geht, möchte Zenit dieses Risiko vermeiden.

So macht er sich abermals auf den Weg, doch so spitze Gegenstände oder Äste liegen wohl in dieser Gegend nicht einfach herum. Er muss sich wohl auf eine längere Suche einstellen. Dabei darf er nicht nur eine Richtung einschlagen, sondern er muss das gesamte Gelände absuchen.

Es scheint richtig hoffnungslos zu sein. Zenit sieht sich schon über die Hecke klettern. Wenn es darauf ankommt, würde er es tun, denn er hat sich ja ein Ziel gesetzt, dass er unbedingt erreichen möchte. Jetzt, wo er kurz davor ist, gibt er nicht auf!

Der Vormittag verstreicht, ohne das Zenit etwas Brauchbares gefunden hat. Als er aber wieder einmal auf eine Lichtung zusteuert, glaubt er, seinen Augen nicht zu trauen! Was liegt denn da hinten im Gras unter einem Baum? So, als ob dieses Etwas genau auf ihn warten würde. Das kann es jetzt doch gar nicht geben.

Es ist ein Teil von einem Baumstamm, der an einem Ende ganz spitz sowie am anderen Ende total stumpf ist. Ob dieser Gegenstand wirklich zu verwenden ist, um ein Loch zu bohren, kann Zenit noch nicht abschätzen.

„Ich versuche es damit, ansonsten habe ich immer noch die Möglichkeit, über die Hecke zu klettern."

Ganz stolz auf seinen Fund macht sich Zenit mit dem Baumstamm unter dem Arm geklemmt auf den Weg zurück. Das Ganze ähnelt so sehr seinem Traum, dass er wieder beginnt, sich vor einer möglichen Steinwüste jenseits der Grenze zu fürchten.

Aber dann denkt er daran, dass er so eine Gegend bereits in einem Waldabschnitt durchquert hat. So oft haben sich die Gegenden ja nicht wiederholt. Er ist schon sehr gespannt, wie es ihm mit dem Baumstamm ergehen wird.

Daher steigert Zenit sein Tempo, ohne auf das Gewicht zu achten. Mit der Zeit muss er doch einmal den Baumstamm von der einen Seite auf die andere Seite wechseln. Jetzt ist er bald wieder bei der Hecke. Er muss nur noch um die Ecke biegen. Da sieht er sie auch schon. Er freut sich richtig darauf, dass er vielleicht bald einen Teil von der anderen Seite der Grenze sehen wird. Er überlegt sich eine Strategie, wie er das Loch in die Hecke bohren könnte.

Am besten macht er es vielleicht wirklich so wie im Traum: Er nimmt Anlauf, rennt auf die Hecke zu und stößt so fest er kann den Baumstamm hinein. Gesagt, getan! Er läuft ein paar große Schritte zurück und stößt den Baumstamm mit aller Kraft mitten in die Hecke. Es fallen aber nur ein paar Äste und Zweige zu Boden. Das ist viel zu wenig. Er muss diese Schritte bestimmt öfters wiederholen. Es stellt sich jedoch heraus, dass das ziemlich mühsam ist. Immer wieder nimmt er Anlauf und stößt mit voller Kraft zu. Doch das Ergebnis ist ernüchternd.

Im Traum ist es ihm aber viel leichter ergangen, da ist sofort ein Loch in der Hecke gewesen! Er muss es einfach schaffen, er möchte nicht über die Hecke klettern!

„Was hast du denn vor?", ruft da plötzlich eine Stimme hinter ihm verwundert. Zenit erstarrt vor Schreck! Ein Lebewesen hat er in dieser Gegend bestimmt nicht vermutet, es ist hier total einsam. Aber er muss sich der Begegnung stellen, vielleicht bekommt er Hilfe. Er dreht sich um und bleibt wie angewurzelt stehen!

Vor ihm steht ein Tier, das so wie ein Pferd aussieht, aber aus seinem Kopf wächst ein spitzes Horn. „Hallo, ich bin René!", stellt sich das Wesen vor. „Bist du ein Einhorn?", fragt Zenit „Ja, das siehst du doch, wer bist du?", fragt René. „Ich heiße Zenit. Ich möchte auf die andere Seite der Hecke, da ist der Wald zu Ende." „Was willst du auf der anderen Seite machen?" „Ich möchte sehen, wie es dort ist, vielleicht bleibe ich dort oder ich ziehe wieder weiter. Auf jeden Fall möchte ich mir die Gegend außerhalb des Waldes ansehen!"

„Ich habe mir noch nie die Frage gestellt, wie es dort aussieht", erklärt René. „Ich lebe hier und hier gefällt es mir sehr gut." „Mein Ziel ist es, die Gegend außerhalb des Waldes kennenzulernen und mir ein neues Zuhause zu suchen", führt Zenit aus. „Hast du deine Heimat verlassen?", fragt René verwundert. „Ja, warum nicht?"

„Ich bin zufrieden, so wie es ist", erklärt René. „Ja, aber mein größter Wunsch ist es, auf die andere Seite der Hecke zu gelangen", entgegnet Zenit. „Jetzt muss ich da irgendwie hindurch, aber der Baumstamm hilft mir leider nicht viel dabei."

„Ich kann dir helfen!", bietet René sich an. „Wie willst du mir denn helfen, du hast doch auch keinen spitzen Gegenstand?" „Ich habe was nicht?", fragt René lachend zurück und zeigt dabei sein spitzes Horn. „Ach so, du möchtest mit deinem Horn ein Loch bohren." „So ist es!"

René nimmt sofort Anlauf, so wie Zenit es getan hat, und rennt auf die Hecke zu. Tatsächlich hat er mehr Erfolg. Ein Loch ist entstanden, aber es ist noch zu klein, um überhaupt etwas auf der anderen Seite zu erkennen.

„Das Loch muss größer werden, sollen wir es zusammen versuchen?", fragt Zenit. „Nein, ich schaffe das schon, aber du erzählst mir dann, wie es auf der anderen Seite der Hecke aussieht, ich möchte es auch wissen!"

„Na klar, du kannst ja auch mitkommen!", bietet er spontan an. „Nein, ich verlasse meine Heimat nicht, ich möchte nur wissen, was dort ist!" „Einverstanden, ich erzähle es dir ganz bestimmt", verspricht Zenit.

Ein paar Mal noch muss René Anlauf nehmen, um mit seinem Horn durch die Hecke zu stoßen. Dann ist das Loch groß genug. Zenit versucht, durch das Loch zu sehen, doch er kann immer noch nichts von der anderen Seite erkennen. Er glaubt aber, dass er jetzt durchklettern könnte. „Vielen Dank für deine Hilfe!" „Das ist eine Kleinigkeit für mich gewesen, wir sehen uns, wenn du zurückkommst!"

„Ja, dann werde ich dir alles erzählen!", verspricht Zenit. Dann dreht er sich um. Nur noch wenige Meter trennen ihn von seinem Ziel. Ganz bewusst läuft er auf das Loch in der Hecke zu.

Er steckt nicht zuerst den Kopf durch, um sich umzusehen, nein, zuerst sollten die Hufe und die Beine in der neuen Gegend sein. Es geht ganz leicht, das Loch ist groß genug. Dann bückt sich Zenit, zwängt seinen Kopf durch das Loch und zieht seine hinteren Hufe nach.

Es ist geschafft! Er ist außerhalb des Waldes angekommen! Vorsichtig schaut er sich in seiner neuen Gegend um. Split hat wirklich nicht zu viel versprochen.

Hier ist es wie in einem großen, wunderschön angelegten botanischen Garten! Keine Bäume sind hier weit und breit zu sehen.

„Das mit der Steinwüste hat sich, Gott sei Dank, nicht bewahrheitet", denkt er erleichtert. Das hätte ihn aber auch gewundert.

Zenit kann sich nicht satt sehen. Es ist wie ein großes Gewächshaus mit vielen ungewöhnlichen, seltenen, aber wunderschönen Pflanzen.

Zenit verliebt sich sofort! Falls es überall in dieser Gegend so aussieht, dann wird er gleich hierbleiben. „Ich gehe bestimmt nicht mehr durch das Loch in der Hecke zurück." Den ganzen Weg über ist er ja vorwiegend nur in eine Richtung gelaufen, immer geradeaus. Jetzt, da er sein Ziel erreicht hat, läuft er aufgeregt hin und her. Er muss alles ansehen, bewundern und anfassen.

Er bleibt hier, da braucht er gar nicht lange zu überlegen. Zenit muss sich nur wieder einen Platz suchen, wo er wohnen kann sowie geschützt ist. „Ich weiß nicht, ob ich heute schon so einen Ort finden werde. Ich suche eher einmal nach einer sicheren Schlafmöglichkeit für heute Nacht. Alles andere wird sich finden."

Zenit läuft einen Hügel hinauf, der fast die Form eines Schneckenhauses hat. Es ist angenehm zu laufen, denn weiches Gras wächst auf dem Weg. Es zeigt sich, dass es richtig ist, diesen Weg zu benutzen.

Oben angekommen befindet sich so etwas wie ein überdachtes Rondell aus Holz. „Das ist besser als im Freien", denkt sich Zenit. „Hier lässt es sich gut aushalten für heute Nacht."

Es beginnt langsam dunkel zu werden. Zenit merkt, wie hungrig er ist, er hat den ganzen Tag nichts gegessen. Daher packt er seine Sachen aus. Die Anspannung ist zum Glück vorbei, jetzt kann sich Gelassenheit ausbreiten!

Nach dem Essen denkt sich Zenit, dass er noch lange nicht schlafen will. Er möchte sich weiter in seiner neuen Umgebung umschauen. Es ist schon ziemlich dunkel geworden. Dennoch kann er die Schönheit der Landschaft, in der er sich jetzt befindet, erkennen.

Von dem Hügel hat er einen weiten Ausblick. Dieses Tal, das an den Wald anschließt, erstreckt sich weit.

„Vielleicht brauche ich aber auch keine feste Bleibe", überlegt er. „Wenn es hier so weitläufig ist, möchte ich doch alles entdecken, was sich mir bietet." Danach wird sich Zenit gleich wieder unsicher. Wenn er an die anderen Lebewesen denkt, die er unterwegs getroffen hat, ist keines so unstet gewesen.

Alle sind an ihrem Platz geblieben. Es hat eben alles Vor- und Nachteile. „Heute Nacht bleibe ich auf jeden Fall hier in diesem Rondell. Ich bin auch vor Sturm und Regen geschützt, das muss ich ausnutzen."

Er läuft draußen noch ein wenig herum. Dann wird er müde, er merkt die vergangene Anstrengung sowie die nachlassende Anspannung. Er muss zu neuen Kräften kommen. „Vielleicht ruhe ich mich aber auch erst einmal ein paar Tage aus, bevor ich weiterziehe. Es ist doch nicht so einfach gewesen."

Mit diesen Gedanken und Überlegungen schläft er ein, innerlich tief zufrieden und glücklich! So wunderbar hat er vorher nicht geschlafen.

So merkt Zenit auch nicht, dass er mitten in der Nacht Gesellschaft bekommt. Es ist ein weibliches Wesen, das ihm durchaus vertraut ist. Er ahnt nichts, er wird ziemlich überrascht sein, wenn er am nächsten Morgen aufwachen wird.

Ein Wesen kommt den Hügel herauf. Den ganzen Tag ist sie gelaufen. Sie wollte unbedingt die Grenze des Waldes erreichen und wollte sehen, welche Gegend sich daran anschließt. Sie hat ihr altes Leben hinter sich gelassen. Es ist eine lange Geschichte.

Jetzt hat sie es geschafft. Das letzte Hindernis in den vergangenen zwei Tagen war eine undurchdringbare Hecke gewesen. Sie war auf der Suche nach einem spitzen Gegenstand, mit dem sie ein Loch hätte bohren können. Sie suchte lange danach, hat jedoch nichts dergleichen finden können.

Als sie diesen Abend so frustriert zu der Hecke zurückkam, konnte sie ihren Augen nicht trauen, denn plötzlich war da schon ein Loch in der Hecke!

Sie kletterte durch. Sie war am Ziel ihres langen Weges angekommen. Sie staunte über die Schönheit der Landschaft, die sich ihr bot. Sie hatte nicht damit gerechnet, dass es so wunderbar sein könnte.

Sie überlegte, wo sie die Nacht verbringen könnte. Es war nicht immer einfach, aber sie hatte stets einen guten Platz zum Schlafen gefunden.

Sie hofft es auch heute. Da entdeckt sie den Hügel. Er sieht wie ein Schneckenhaus aus. Das findet sie total interessant. Vielleicht gibt es dort ja auch eine gute Schlafmöglichkeit. Sie beschließt, den Weg hinaufzunehmen.

Es geht immer im Kreis, der Pfad wird auch immer enger und schmäler, wie bei einem Schneckenhaus.

Als sie oben ankommt, steht da ein Rondell aus Holz. Sie hat es doch geahnt, hier wird es einen Platz zum Übernachten geben. Sie freut sich schon auf das Ausruhen und Hinlegen. Sie ahnt nicht, dass es gleich eine große Überraschung geben wird.

Vorsichtig geht sie auf die Tür zu. Sie drückt die Klinke herunter und öffnet die Tür. Dann bleibt sie wie angewurzelt auf der Türschwelle stehen. Sie traut ihren Augen nicht. Da ist schon jemand! Sie muss zweimal hinschauen. Dieser Jemand kommt ihr bekannt vor!

Das kann doch jetzt nicht wahr sein! Es ist tatsächlich Zenit. Er liegt da und schläft in aller Ruhe! Seitdem sie so unfreiwillig vor vielen Wochen durch den Sturm getrennt worden sind, hat sie sich schon immer wieder gefragt, wie es sein würde, wenn sie zufällig wieder zusammentreffen würden.

Aber dass es jetzt ganz konkret passiert, damit hätte Mirabell nicht gerechnet. Sie starrt Zenit an.

Sie überlegt, ob sie überhaupt hierbleiben kann, wenn das Rondell schon belegt ist. Sie sind ja nur zu Beginn ihrer Reise gemeinsam unterwegs gewesen.

Dann denkt sie jedoch anders, denn wenn sie nicht durch den Orkan voneinander getrennt worden wären, hätten sie den Rest der Reise gemeinsam gemacht.

Es soll so sein, dass wir uns an genau dieser Stelle, in dem Rondell, wieder treffen. Mirabell ist sich sicher.

Sie beschließt, ebenfalls hier zu übernachten. Sie möchte sehen, wie Zenit reagieren wird, wenn er sie am nächsten Morgen dann sehen wird. Sie ist ganz aufgeregt. Sie kann bestimmt noch lange nicht einschlafen.

Aber sie macht sich trotzdem für die Nacht zurecht. Sie sucht sich in alter Gewohnheit einen Platz auf der anderen Seite des Raumes. So stört sie Zenit nicht.

Mirabell bleibt noch lange wach. Sie überlegt und denkt nach, wie es sein wird, wenn sie beide morgen früh auf einmal wieder zusammen aufwachen.

Mitten im Überlegen schläft sie ein. Sie merkt es gar nicht.

Am nächsten Morgen wird Mirabell vor Zenit wach. Sie denkt nach, ob sie ihn schlafen lassen oder hier warten soll, bis er aufwacht. Sie beschließt, neben ihm sitzen zu bleiben.

Sie braucht nicht lange zu warten. Nach ungefähr einer halben Stunde, nachdem sich Mirabell zu ihm gesetzt hat, wacht Zenit auf.

Er setzt sich auf und schaut Mirabell an. Ihm fehlen die Worte. Er ist wie erstarrt.

Mirabell bricht als Erste das Schweigen: „So ist es mir gestern auch ergangen, als ich hier hereinkam. Ich konnte meinen Augen nicht trauen, als ich dich gesehen habe!"

„Dann ist dies jetzt also kein Traum, es ist Wirklichkeit?", fragt Zenit immer noch ganz benommen.

„So wahr, wie ich hier jetzt sitze!", antwortet Mirabell. „Wo kommst du denn so plötzlich her, hast du auch hier übernachtet?", fragt Zenit immer noch ganz durcheinander.

„Ja, wie du siehst! Mein Weg hat mich wieder zu dir geführt. Wir können überlegen, wie es weitergehen soll." „So weit bin ich noch nicht. Ich kann es nicht fassen, dass wir uns wieder getroffen haben, kaum nachdem ich die Grenze des Waldes überquert habe."

Zenit steht auf, er muss sich bewegen und diese Neuigkeit erst einmal verdauen! Geahnt hat er es wohl, aber dass es Wirklichkeit werden könnte, damit hat er nicht gerechnet.

„Ich dachte auch, ich sehe dich nie mehr wieder", erzählt Mirabell. „Der Sturm hat uns zu weit auseinandergeweht. Du siehst, es sollte doch so sein, ich bin wieder da!"

„Wie ist es dir auf deinem Weg ergangen? Das interessiert mich schon sehr!" „Ich erzähle es dir gerne, ich fände es aber schön, wenn wir währenddessen zusammen frühstücken könnten. Ich habe es sehr vermisst, gemeinsam zu essen."

So packen beide ihre Sachen aus, wie in alten Zeiten. Sie setzen sich nebeneinander und teilen sogar ihren Vorrat, den sie haben. Zenit ist sehr gespannt, Mirabells Geschichte zu hören.

Nachdem sie sich gemütlich nebeneinandergesetzt haben, beginnen sie zu essen. „Ich habe dich lange gesucht, bis ich irgendwann aufgeben musste", berichtet ihr Zenit. „Ich weiß, dass es nicht deine Schuld war, dass wir voneinander getrennt worden sind. Auch ich habe viele Versuche unternommen, um dich zu finden. Irgendwann habe ich traurig aufgegeben. Ich habe mir gedacht, wenn es sein soll, dann sehen wir uns wieder."

Zenit nickt stumm. Er weiß nicht so recht, ob er sich darüber freuen soll oder nicht. Er ist sich unsicher, weil er jetzt nicht mehr genau weiß, wie es weitergehen soll. Mirabell, die ihn mittlerweile gut kennt, merkt genau, was in ihm vorgeht: „Du entscheidest dich frei, wie es weitergehen soll, ob wir zukünftig zusammen sein werden oder ob wir getrennte Wege gehen werden. Ich habe in den letzten Wochen gelernt, auf mich allein gestellt zu sein. Natürlich wäre es schön, wenn wir wieder zusammen sein würden, aber du musst es auch wollen."

Zenit nickt stumm. Er kann nichts sagen. Es ist zu spüren, dass Mirabells Geschichte ihn bewegt. „Ich kann gerade keine Entscheidung darüber treffen. Mir geht es genauso. Auf der einen Seite finde ich es sehr schön, dass wir uns wiedergefunden haben, auf der anderen Seite bin ich in den letzten Wochen sehr viel für mich gewesen. Ich habe gespürt, dass es mir guttut. Ich weiß nicht, ob ich es so schnell wieder aufgeben möchte. Aber wenn du mir Zeit zum Überlegen geben könntest, fände ich das super!"

„Natürlich gebe ich dir Zeit. Bleibst du erst einmal hier oder möchtest du heute gleich weiterziehen?"

„Ich habe gemerkt, dass ich nach dem anstrengenden Weg und den ganzen Abenteuern erst einmal eine Pause brauche. Da hier so ein schöner Platz zum Übernachten ist, werde ich hier bleiben. Ich denke, ich werde erst einmal versuchen, meine Vorräte aufzufüllen, falls es hier Früchte oder Beeren gibt." „Wärst du damit einverstanden, wenn ich mitkomme? Meine Vorräte gehen auch zur Neige."

„Na klar, das können wir doch zusammen machen. Wir schauen uns jetzt dann zunächst um, ob wir etwas finden."

„Das ist eine gute Idee, das machen wir!" Mirabell freut sich, dass sie schon ein gemeinsames Vorhaben an diesem Tag verwirklichen können. Sie packen ihre Sachen zusammen und wie in alten Zeiten ziehen sie los.

Sowohl Mirabell als auch Zenit sind von der neuen Umgebung sehr angetan. Sie sieht wirklich wie ein großer botanischer Garten mit vielen seltenen, wunderschönen Pflanzen und Gewächsen aus, dazwischen ist immer wieder einmal ein kleiner Bach oder ein Gewässer.

„Bisher sind wir nicht verhungert, wir haben immer etwas gefunden, seitdem wir unterwegs sind." „Da hast du recht", stimmt Mirabell ihm zu.

Den ganzen Vormittag finden sie nichts, erfreuen sich aber an der wunderschönen Landschaft. Sie sind schon nahe daran, die Suche abzubrechen, aber als sie gerade um einen großen Weiher herumgehen, taucht plötzlich ein Feld mit Früchten und Beeren auf, die sie suchen.

„Du siehst, es gibt sie doch überall", sagt Zenit. „Wir müssen nur immer dranbleiben. Jetzt können wir unsere Vorräte auffüllen."

„Dann wäre es ein Vorteil, an einem festen Ort zu sein, weil wir dann immer wissen, wie wir uns versorgen können", gibt Mirabell zu bedenken.

Sie sammeln gemeinsam und füllen ihre Boxen und Kisten auf. „Wir könnten uns doch an den Weiher setzen und etwas essen, das Frühstück ist schon wieder sehr lange her", schlägt Mirabell vor.

„Das ist eine gute Idee", stimmt Zenit ihr zu. Sie lassen es sich gemeinsam schmecken, dabei genießen sie die Aussicht.

„Was machen wir jetzt?", möchte Mirabell wissen und Zenit antwortet: „Ich weiß nicht, was du machen möchtest, aber ich bleibe hier. Ich genieße die schöne Landschaft und den Weiher und am Abend werde ich zu dem Rondell auf dem Schneckenhausberg zurückkehren."

„Ich denke, das ist mir zu langweilig. Ich werde mich hier noch etwas umsehen, ich fand das Laufen den ganzen Tag wunderschön. Vielleicht entdecke ich noch andere, schöne Orte. Falls du nichts dagegen hast, werde ich heute Abend ebenfalls zu dem Rondell auf dem Schneckenhausberg zum Schlafen kommen."

„Ja klar, das ist kein Problem, dann macht jeder heute Nachmittag einfach das, was für ihn gerade gut ist", stellt Zenit fest.

Zenit hat bewusst etwas gewählt, wo er allein sein kann. Er weiß, dass sich Mirabell nicht gerne länger an einem Ort aufhält und dass sie sich schon gar nicht gerne ausruhen will. Er möchte darüber nachdenken, wie es weitergehen soll und ob er in der nächsten Zeit wieder mit ihr zusammen oder doch lieber allein weiterziehen soll. Er ist sehr froh darüber, dass von Mirabell kein Druck kommt, auch nicht zu einer Entscheidung. So kann er sich viel Zeit dafür lassen. Doch zu lange möchte er sie nicht hinausschieben.

Er genießt die freie Zeit am See. Zenit lässt seine Seele richtig baumeln, immer wieder schläft er zwischendurch ein. Er döst vor sich hin. So eine Auszeit hat er wirklich gebraucht.

Zenit ist nahe daran, sich dafür zu entscheiden, allein weiterzuziehen. Er selbst hat ja gar nicht wirklich damit gerechnet, dass er Mirabell wiedersehen wird. Er hat sich so daran gewöhnt, seinen Tag selbst zu gestalten. Zu viel Gemeinschaft, Begegnungen und Gespräche braucht er nicht.

Er hat sich in der letzten Zeit selbst gut kennengelernt. Er hat gelernt, auf sich und seine Bedürfnisse zu achten, darauf Rücksicht zu nehmen. Er hat Sorge, wenn Mirabell dabei ist, dass das, was er möchte, dann hintenanstehen muss.

Er nimmt sich vor, erst morgen früh eine endgültige Entscheidung zu treffen. Er denkt aber, dass er sich nicht mehr umentscheiden wird. Zufrieden liegt er da.

Da hier in der Nähe auch viele Beeren und Früchte sind, nimmt sich Zenit vor, erst einmal hier zu bleiben. Er spürt es richtig, dass er nach der längeren Wanderung eine große Pause braucht.

In dem Rondell ist er vor Wind und Wetter gut geschützt. Die Umgebung ist wirklich traumhaft schön, er hätte es sich so nicht träumen lassen. Zenit macht den ganzen Nachmittag nichts, er ruht sich aus, sieht sich um und genießt die wunderbare Landschaft.

Als es abends beginnt, kühler zu werden, beschließt er, zum Rondell zurückzulaufen. Dabei nimmt er den Weg um den See herum, weil er ihn von allen Richtungen anschauen will.

Schließlich kommt er doch zum Berg, der aussieht wie ein Schneckenhaus und geht hinauf.

Er ist der Erste, der im Rondell ankommt. Zenit hat damit gerechnet, dass Mirabell schon da sein wird, aber anscheinend hält sie heute länger durch als er. Er macht es sich gemütlich. Vom Wandern hat er schon Hunger bekommen.

Er denkt, dass er nicht so einen gemeinsamen Tagesablauf mit Mirabell hat, wie zu Beginn ihrer Wanderung, er beginnt zu essen.

Nachdem er so vor sich hin gegessen hat, geht plötzlich die Tür auf. Mirabell kommt ganz außer Atem herein: „Du bist ja schon da, mit dir habe ich noch gar nicht gerechnet. Ich dachte, du bist heute länger unterwegs." Zenit erklärt ihr ruhig: „Ich mache bewusst ruhiger momentan, wie gesagt, ich brauche eine längere Pause. Ich möchte mich erholen. Dazu muss ich neue Kraft tanken." „Du isst ja auch schon", wundert sich Mirabell. „Ich habe nicht gewusst, wann genau du kommst, außerdem waren wir heute getrennt unterwegs", bemerkt Zenit.

„Das ist kein Problem, ich setze mich jetzt einfach dazu, wenn es dir recht ist", sagt Mirabell. Doch innerlich ist sie schon etwas gekränkt, dass Zenit nicht auf sie gewartet hat.

„Was hast du heute erlebt?", fragt Zenit. Mirabell berichtet von ihrem Tag: „Hier ist eine wunderschöne Gegend, ich bin den ganzen Tag hier gelaufen und gewandert. Es ist alles sehr weitläufig so wie in einem großen, botanischen Garten mit vielen seltenen Pflanzen, kleinen Bäumen und seltenen kleinen Tieren. Hier können wir auch nicht verhungern, überall wachsen Früchte und Beeren, an den unterschiedlichsten Plätzen."

„Schön, dass es so ist, es hat sich gelohnt, dass wir unser Zuhause aufgegeben haben und hierhergekommen sind."

„Ja, ich bereue es nicht, ich möchte in den nächsten Tagen viel von dieser Gegend kennenlernen und noch mehr sehen, wo ich mich befinde. Ich weiß nicht, ob ich erst einmal einen festen Platz brauche."

„Es ist gut, dass du die Zukunft ansprichst. Ich bin auch schon fast zu einer Entscheidung gekommen. Endgültig möchte ich sie erst morgen früh treffen. Ich möchte, wie schon gesagt, erst einmal eine längere Pause machen, bevor ich wieder weiterziehen will. Ich weiß auch noch nicht, ob ich überhaupt weiterziehen möchte. Vielleicht ist ja hier schon mein Platz, dann bleibe ich hier. Ich werde auf jeden Fall die nächste Zeit erst einmal hierbleiben, mich ausruhen und nichts tun."

„Das heißt, du möchtest, dass wir unsere Wege wieder getrennt gehen?", fragt Mirabell richtig enttäuscht.

„Ich tendiere sehr dazu. Es ist nicht so, dass ich etwas gegen dich habe, aber ich habe in der letzten Zeit festgestellt, dass es mir guttut, wenn ich allein bin, wenn ich meine Entscheidungen selbständig treffen kann und wenn ich entscheiden kann, wann ich in Gemeinschaft mit anderen sein möchte und wann nicht. Wenn ich mit dir zusammen wäre, würde ich wieder sehr eingeschränkt sein. Das möchte ich nicht mehr."

Mirabell kann sich jetzt nicht mehr zurückhalten. Sie beginnt, laut zu weinen. „Sag doch gleich, dass du mich loswerden willst!", ruft sie unbeherrscht und packt ihre Sachen zusammen.

Kopflos stürzt sie aus dem Rondell und läuft davon. „Du musst doch deswegen nicht gleich gehen, du kannst ja bleiben, solange du möchtest!", ruft Zenit Mirabell hinterher. Doch es ist vergeblich. Mirabell hört Zenit nicht mehr. Sie läuft weiter.

Damit hat Zenit nicht gerechnet, dass sie die Nachricht gleich so schmerzt, dass sie wegläuft. Sie hat doch so vernünftig gesprochen, dass sie seine Entscheidung akzeptieren wird. Im Inneren hat es bei ihr wahrscheinlich ganz anders ausgesehen.

Es tut ihm jetzt richtig leid, dass es so gekommen ist, aber er hat sich gleich vorgenommen, auf sich und seine Bedürfnisse zu achten.

Er kann sich nicht vorstellen, ständig mit Mirabell zusammen zu sein. Er braucht doch seine Freiheit.

Mit diesen Gedanken kommt Zenit innerlich doch zur Ruhe. Er hat nichts falsch gemacht. Er macht heute nichts mehr, das hat er sich vorgenommen. Er möchte sich ausruhen und zu neuen Kräften kommen.

Er hat auch noch gar keine Vorstellung davon, wie lange er hierbleiben will. Das lässt er jetzt auf sich zukommen.

Er setzt sich vor das Rondell und genießt seine wunderschöne Umgebung. „Ich glaube, ich lege mich morgen wieder an den See. Ich ruhe mich aus. Ich möchte nicht losziehen und noch mehr von der Gegend erkunden. Das läuft nicht weg, ich kann es immer noch, wenn mir danach ist."

Zenit schaut in einen traumhaft schönen Sonnenuntergang. Er lässt ihn auf sich wirken. Dabei wird er richtig müde. Er legt sich schlafen.

Es stört ihn nicht, dass Mirabell nicht mehr da ist. Sie waren die ganze Zeit getrennt, sie wird ihren Weg finden.

Mit diesen Gedanken schläft Zenit ein. Er träumt die ganze Nacht von wunderschönen botanischen Gärten mit großen Seen, Palmenbäumen und Feldern mit Beeren und Früchten.

„Ich bin am Ziel, ich bin hier richtig", denkt sich Zenit immer wieder im Schlaf.

„Ich bleibe hier, ich gehe hier nicht mehr fort!" Hat er jetzt mitten im Traum eine Entscheidung für sein ganzes Leben getroffen?

Er kann doch nicht wissen, was die neue Umgebung für ihn noch alles bereithält. „Wenn ich nicht weitergehe, dann verpasse ich bestimmt etwas Wunderschönes! Ich muss mich wenigstens einmal umsehen, ich kann ja dann wieder zurücklaufen."

Im Traum läuft Zenit los, aber richtig Lust hat er nicht darauf. Irgendetwas will ihn zurückhalten. Er kann es sich nicht erklären. Dennoch läuft er, ohne auf sein Gefühl zu achten.

Die Landschaft hält weiterhin, was sie verspricht.

Doch mit einem Mal verändert sich die Wetterlage. Das schöne Wetter wird anders. Zenit merkt, dass es deutlich kühler wird. Was hat dies jetzt wohl zu bedeuten? Soll er wieder umkehren?

Jetzt hat er noch die Möglichkeit dazu. „Ach was, es wird schon nicht so schlimm werden. Ich gehe weiter." Doch er irrt sich.

Dicke Wolken schieben sich vor die Sonne. Dichter Nebel entsteht, der die Sicht auf den bevorstehenden Weg völlig verdeckt.

Zenit ist auf einmal völlig von diesem Nebel eingehüllt. Er kann weder vorne noch hinten noch an den beiden Seiten etwas sehen oder erkennen. „Ich muss zurück", denkt er sich.

Er dreht sich um, läuft ziemlich kopf- und planlos hin und her und stolpert. Er sieht nicht einmal seine Hand vor den Augen. „Wie komme ich jetzt nur in das schützende Rondell?"

Plötzlich geht ein gewaltiger Wolkenbruch nieder, es schüttet wie aus Kübeln. So komme ich gar nicht mehr vorwärts, ich hätte bei meiner Entscheidung, nicht wegzugehen, bleiben sollen.

Ich kann nur wieder stehen bleiben und warten, bis das Unwetter vorüber ist. Hoffentlich werde ich nicht weggeweht oder weggespült.

Zenits Befürchtung erweist sich leider als richtig. Da der Regen immer stärker wird, kann er sich kaum noch mit seinen Hufen auf dem Boden festhalten. Er merkt, dass ihn die Wasserströme, die entstanden sind, fortreißen wollen.

In letzter Sekunde hält er sich an einem Baumstamm fest. „Hilllffffeeee!", ruft er ganz laut. „Hiiiiilllffffeeeeeee!" Seine Rufe werden durch die starken Wassermassen erstickt.

„Da komme ich gerade richtig!", ist da auf einmal die vertraute Stimme von Mirabell neben ihm zu hören. „Anscheinend gerätst du ohne mich doch immer wieder in ausweglose Situationen. Komm, gib mir deine Hand!"

„Das kann doch jetzt gar nicht sein, woher kommt sie denn so plötzlich", denkt sich Zenit. „Ich will nicht, dass Mirabell mir hilft, lieber werde ich von diesem Platz weggespült."

„Hast du nicht gehört, gib mir deine Hände, ich halte dich fest! Dann haben wir beide Halt." „Neiiin, ich will niiichhht!", schreit Zenit, so laut er kann. Dann reißen ihn die Fluten fort.

Schweißgebadet wacht er auf. „Hui, das war aber knapp, gut, dass es nur ein Traum war. Das bestärkt mich in meiner Entscheidung, dazubleiben und erst einmal nicht weiterzuwandern. Das kann ich schließlich immer noch. Dass Mirabell wieder in meinem Traum aufgetaucht ist, hat bestimmt etwas zu bedeuten. Selbst wenn wir uns trennen, sie gehört wohl doch zu meinem Leben und zu diesem Weg dazu. Dennoch möchte ich allein bleiben!"

Mit diesen Gedanken dreht sich Zenit auf die andere Seite. Er versucht, wieder einzuschlafen. Er ist richtig aufgewühlt. Der

Traum hat ihm sehr zugesetzt. So schnell wird er nicht einschlafen können, er merkt es.

Das kann jetzt nicht sein, dass es ihn so mitnimmt. Vielleicht hilft ihm etwas kühle, frische Luft von draußen.

Er steht auf, zieht einen wärmeren Pullover über, geht nach draußen und atmet tief ein und aus. „Ja, die Luft tut wirklich gut." Er versucht, sich zu beruhigen. Es gelingt ihm nicht auf Anhieb. Doch je länger er draußen ist, desto ruhiger wird er. Das merkt er ganz deutlich.

„Am besten ist es, wenn ich noch ein paar Schritte laufe." So macht er sich auf den Weg, den Schneckenhausberg hinunter, ohne recht zu wissen, wohin er gehen soll.

Er schaut nicht nach links und nicht nach rechts, nur geradeaus.

Nachdem er unten angekommen ist, dehnt und reckt er sich und macht ein paar gymnastische Übungen.

Er lernt, die Situation so zu akzeptieren, wie sie ist. Dann merkt er, wie müde er ist. Jetzt wird er gut schlafen können. Als er oben wieder angekommen ist, legt er sich hin. Er schläft tatsächlich ein. Für den Rest der Nacht träumt er nichts mehr.

Frisch ausgeruht wacht er am nächsten Tag auf. Jetzt freut er sich erst einmal auf sein Frühstück. Er schaut nach draußen.

„Das Wetter ist ja richtig schön. Da tut es wirklich gut, draußen zu sitzen, da kann ich die Landschaft genießen."

Zenit fühlt sich wie ein König auf seinem Hügel. Über die ganze Region hat er einen sagenhaften Ausblick.

Die Sonne scheint, gleichzeitig entdeckt er am Horizont einen wunderschönen Regenbogen! „Na, wenn das kein Hoffnungszeichen ist."

Nach dem Frühstück überlegt er, was er machen soll: „Soll ich wieder zu dem See gehen und den Tag dort verbringen? Soll ich einfach einmal woanders hingehen und wieder ein Stück meiner neuen Gegend erkunden?"

Vorerst bleibt er sitzen und blickt weiter auf den Regenbogen. Mit der Zeit wird er blässer, bis er schließlich ganz verschwindet.

„Ich glaube, ich bleibe erst einmal hier. Ich habe mir vorgenommen, mich auszuruhen. Hier ist es schön! Ich kann immer noch woandershin. So kenne ich mich gar nicht. Ich war doch die ganze Zeit für Veränderungen offen, aber der Weg, den ich gegangen bin, war eben auch wirklich anstrengend. Ich sollte auf meine Bedürfnisse achten. Wenn mein Körper sagt, dass er jetzt eine Pause braucht, dann muss ich sie ihm gönnen."

Zenit tut recht daran, denn bald tritt ein Ereignis ein, das ihn seine Absichten vergessen lässt: In Richtung des Sees sieht er plötzlich eine schwarze Rauchsäule aufsteigen. „Was ist denn da los? In dieser friedlichen Gegend! Ist etwas passiert? Da kann ich hier doch nicht so gemütlich sitzen. Ich sollte mich auf den Weg machen, vielleicht wird meine Hilfe gebraucht. Das kann ja jetzt nicht wahr sein."

Er packt schnell seine Sachen zusammen, dann zieht er los. Am Fuß des Schneckenhausberges angekommen, schlägt er die Richtung zu der schwarzen Rauchsäule ein. Sie ist scheinbar wirklich bei seinem See.

Sie verschwindet nicht. Drohend ragt sie über der Stelle empor, auf die er zugeht. Eine Ursache kann er nicht erkennen, dazu ist er vermutlich noch zu weit entfernt. „Was kann das denn nur sein? Ist denn jemand in Gefahr?" Er muss herausfinden, ob seine Hilfe gebraucht wird.

Er läuft und läuft. So hat er es sich mit seiner Pause nicht vorgestellt.

Zenit kommt am See an. Doch er muss noch an das gegenüberliegende Ufer gehen, es ist ein ganz schön langer, weiter Weg. Währenddessen raucht die Säule unaufhörlich weiter.

Er kommt an der Stelle an. Doch es ist seltsamerweise nicht zu erkennen, warum die Rauchsäule überhaupt entsteht. Es ist ein offenes Loch in der Erde zu sehen, aus dem der Rauch aufsteigt. Vielleicht ist es ja doch nicht gefährlich. „Das muss ich herausfinden. Es ruft zumindest niemand um Hilfe." „Hallo, ist da jemand?", ruft Zenit laut in das Loch hinein, aus dem der Rauch hervorquillt. „Hallo, braucht jemand meine Hilfe!" „Warum schreist du denn so?", ist eine piepsige Stimme aus dem Loch zu hören. „Ich bin doch nicht schwerhörig." „Wer bist du denn?", fragt Zenit erstaunt zurück, da er doch die Laute eines Lebewesens gehört hat.

„Na, ich bin Eichstach!", antwortet das Wesen. Langsam kommt es aus dem Loch hervor. „Wer oder was bist du?", fragt Zenit ungläubig und starrt sein Gegenüber an, das sich selbstbewusst vor ihm aufbaut.

Vor ihm steht wieder einmal ein seltsames Lebewesen, nämlich ein Eichhörnchen, das ab der Hälfte an einen stacheligen Igel erinnert. „Wer bist du?", fragt Eichstach zurück. „Ich bin Zenit, ich komme aus dem Wald."

„Das ist interessant, so lange ich hier lebe, ist noch nie ein Lebewesen von dort hergekommen. Wie sieht es da aus? Warum bist du jetzt hier?" „Es ist immer mein großer Traum gewesen, zu erkunden, was außerhalb des Waldes ist", erzählt Zenit. „Es ist eine lange Reise gewesen."

„Das kann ich mir gut vorstellen, dass du wochenlang unterwegs gewesen bist", sagt Eichstach mitfühlend.

„Wohnst du hier?", fragt Zenit etwas irritiert, weil Eichstach vermutlich in dem Erdloch kocht.

„Nein, natürlich nicht!", lacht Eichstach. „Ich finde nur, dass hier ein besonders guter Platz zum Kochen ist, weil mir das Loch als Dunstabzug dient."

„Wo lebst du denn normalerweise?", möchte Zenit wissen. „Ganz gewöhnlich, in einem kleinen Holzhäuschen, nicht weit von hier. Aber jetzt erzähl du einmal. Wie hast du in dem Wald gelebt? Wie sieht es dort überhaupt aus?"

„Ich habe dort in einer Höhle gewohnt. Es ist schon ein schöner Ort gewesen." „Und diesen schönen Ort hast du einfach aufgegeben?", möchte Eichstach wissen.

„Es war eine schwierige Entscheidung. Ein sicheres und behagliches Leben gibt man nicht so leicht auf. Aber ich wollte unbedingt wissen, was sich jenseits des Waldes befindet und wie es da aussieht. So bin ich dieses Wagnis eingegangen, von dem sicheren Ort wegzugehen."

„Mich würde es schon brennend interessieren, wie es im Wald ist und ob es dort vielleicht andere Eichstachs oder Wesen wie mich gibt. Aber mir ist das Risiko, den Wald zu erkunden, viel zu groß! Ich bleibe lieber hier an Ort und Stelle. Ich weiß, da geht es mir gut."

„Ich habe im Laufe der Reise auch festgestellt, dass alles seine Vor- und Nachteile hat. Ich bin mir unsicher, ob ich jetzt weiterziehen oder ständig hierbleiben soll. Da ich sowieso eine Pause nach der langen Wanderung brauche, bleibe ich erst einmal hier." „Wo genau wohnst du jetzt?" „In dem Rondell auf dem Schneckenhausberg." Eichstach erblasst sichtlich: „Da ist es mir nicht geheuer, da geht es nicht mit rechten Dingen zu." Zenit muss lachen.

„Was soll denn da nicht mit rechten Dingen zugehen? Da ist es super ruhig und gemütlich. Ich habe schon die letzten beiden Nächte dort verbracht."

„Oh, da hast du aber Glück gehabt! Dann ist der Bewohner, der dort sein Unwesen treibt, nicht zu Hause." „Das Rondell ist bewohnt?", fragt Zenit ungläubig nach. „Ich dachte die ganze Zeit, es würde leer stehen!"

„Schön wäre es! Nein, nein, wie gesagt, dort ist es normalerweise sehr unheimlich, alle Lebewesen, die sich hinaufgewagt haben, hat man nicht mehr lebend gesehen!"

Während Eichstach spricht, zieht er sich immer mehr in sein Loch zurück, so als befürchte er, der Bewohner des Rondells würde jeden Augenblick hier auftauchen.

„Was ist das für ein Wesen?", möchte Zenit wissen. „Oh, niemand hat jemals erzählen können, wie es aussieht, denn alle, die ihm begegnet sind, wurden nicht mehr gesehen."

„Sind sie gestorben?" „Niemand weiß es, was mit ihnen geschehen ist oder ob sie vielleicht sogar umgekommen sind", schaudert Eichstach. „Vielleicht sind sie verschleppt worden oder sie werden irgendwo gefangen gehalten. Das ist alles so schrecklich!" „Ich werde schon auf der Hut sein", beschwichtigt ihn Zenit. „Es wäre besser für dich, heute Nacht woanders zu schlafen", rät ihm Eichstach.

„Ich weiß nicht, warum ich das tun sollte. Das Rondell ist doch so schön super, es ist ein sicherer Ort."

„Ist es eben nicht, das Wesen ist nur nicht zu Hause. Du hast großes Glück gehabt, dass du noch da bist und dass es dir gut geht."

Eichstach steigert sich in seine Furcht immer mehr hinein. Zenit wird nachdenklich, lässt sich aber von der panischen Angst Eichstachs nicht anstecken.

„Ich fürchte mich nicht, vor keinem Wesen der Welt. Ich nehme das Risiko in Kauf."

„Du hast jetzt noch die Chance zu fliehen, wieso möchtest du es auf dich nehmen? Suche dir einen sichereren Ort, vielleicht kommt ausgerechnet heute Abend oder Nacht das Wesen nach Hause." „Sei mir nicht böse, aber ich glaube nicht an dieses Wesen", sagt Zenit. Er denkt die ganze Zeit, dass Eichstach sich etwas zusammenfantasiert. „Es war nett, dich kennenzulernen, aber ich gehe jetzt wieder."

Er verabschiedet sich und geht seines Weges, ohne auf Eichstachs Furcht und Ratschläge zu achten und darauf einzugehen.

„Ich weiß nicht, was alle immer haben, ich habe die ganze Zeit hier noch keine gefährlichen Wesen kennengelernt und bin auch keinen begegnet. Ich lasse es einfach darauf ankommen. Aber was ist, wenn er doch recht hat?" Zenit schwankt hin und her und ist verunsichert. „Falls der Bewohner kommt und es gefährlich wird, kann ich immer noch entscheiden, was ich mache oder wie ich mich zur Wehr setzen könnte."

So schnell wird er auch kein sicheres Versteck für sich finden, das weiß er. Wo soll er also hin? Ganz automatisch schlägt er die Richtung zum Schneckenhausberg ein.

Doch je näher er kommt, desto unsicherer wird er. Was ist, wenn Eichstach doch recht hat, so unwahr hat seine Erzählung gar nicht geklungen.

„Ach was!", Zenit wischt alle böse Vorahnungen von sich. Bis vor Kurzem hat er noch nicht einmal etwas von der Existenz eines unheimlichen Wesens gewusst, mit dem Rondell ist sicher alles in bester Ordnung.

Voll Zuversicht ist er am Fuß des Schneckenhausberges angekommen. Jetzt beginnt der Anstieg. Die Sonne geht schon bald unter und es wird dunkler.

In dem Augenblick nimmt er schon eine unheimliche Stimmung auf dem Weg wahr. So hat er es bisher noch nie empfunden. Wieso fühlt er auf einmal so ein leichtes Schaudern? Ach was, das bildet er sich nur ein. Die Erzählung von Eichstach macht ihn ganz konfus. Er sollte sich lieber auf seinen Weg konzentrieren.

Es wird dunkler und ein Wind beginnt zu wehen, der an ihm rüttelt. Er sieht weder nach links noch nach rechts, nur geradeaus. Er lässt sich nicht beirren. Er kommt oben an und freut sich auf die Wärme in seiner neuen Unterkunft.

Im Rondell ist es so wie immer, nichts deutet darauf hin, dass hier etwas nicht mit rechten Dingen zugehen könnte. „Na also, das habe ich mir gleich gedacht. Kaum erzählt mir jemand etwas Gruseliges, kommt mir schon alles unheimlich vor." Er isst in aller Ruhe. Draußen hört er den Wind um seine Unterkunft heulen. „Das Wetter kann ja nicht jede Nacht gut sein. Heute wird es wahrscheinlich nicht möglich sein, dass ich draußen sitzen und die Landschaft betrachten kann. Dann ruhe ich mich eben hier aus, das passt auch."

Zenit räumt seine Sachen ordentlich auf, setzt sich hin und genießt es einfach, dass er so einen schönen Tag gehabt hat.

Seine Gedanken sind jedoch immer wieder bei Eichstachs Erzählung über das unheimliche Wesen, das hier angeblich leben soll. Davon hätte er doch etwas merken müssen.

Das Rondell weist keine Spuren davon auf, dass sich überhaupt jemand hier aufhält. Es hat auf ihn einen völlig unbewohnten Eindruck gemacht, so ist er ja auch zu dem Entschluss gekommen, erst einmal hier zu bleiben.

Aber die Frage „Was ist, wenn es doch stimmt?" lässt sich nicht so einfach beiseiteschieben.

„Wenn es doch so sein sollte, dann wird mir dazu ebenfalls eine Lösung einfallen. Ich bin doch bis jetzt gut aus allen, auch unvorhergesehenen Ereignissen herausgekommen." Diese Einstellung beruhigt Zenit. Er denkt, dass er jetzt gut schlafen wird.

Während er daliegt, versucht er einzuschlafen. Der Wind weht unheimlich um seine Unterkunft. Draußen beginnt es in Strömen zu regnen. „Oh, was werde ich nur morgen machen, wenn es den ganzen Tag durchregnet? Dann muss ich hierbleiben."

Auf einmal hört er von weiter Ferne einen langgezogenen hellen Schrei. Er klingt so übernatürlich, dass er richtig erschrocken zusammenfährt. „Was ist denn das jetzt?"

Ein solches Geräusch hat er vorher noch nie gehört, er hätte es auch hier nicht vermutet. Vielleicht ist es eine Einbildung gewesen, kein Wunder bei dem starken Regen und dem Wind. Das wird es sein.

Doch nach einiger Zeit wiederholt sich der Schrei, immer noch aus weiter Ferne kommend. „Das kann doch jetzt nicht sein, gibt es hier doch ein unheimliches Wesen? Ist es vielleicht auf dem Weg hierher? Wer weiß, wer oder was da so geschrien hat, jetzt nur nicht gleich in Panik verfallen!" Er hört die seltsamen Schreie immer wieder, bis sie schließlich verstummen.

Währenddessen ist Zenit dennoch vor lauter Müdigkeit eingeschlafen, sodass er nicht mehr wach ist, um das Schreien weiter zu verfolgen.

Mit einem Mal erwacht Zenit mitten in der Nacht von einem ohrenbetäubenden Lärm, der direkt neben ihm zu sein scheint. Erschrocken fährt er hoch: „Also doch! Jetzt kommt das Wesen und es will mich holen. Ob ich noch rechtzeitig davonkomme?"

Aber es ist zu spät! Durch die Tür kommt ein schwarzes Tier, das auf den ersten Blick nicht gleich zu erkennen ist.

„Wer bist du, was machst du hier in meinem Zuhause!", schreit das Wesen mit derselben Stimme, von der Zenit die Schreie vernommen hat.

„Ich bin Zenit, ich bin in friedlicher Absicht hier!", erklärt er mit zitternder Stimme.

Aufgeregt betrachtet er das Wesen. Es gleicht einem Drachen aus einer mittelalterlichen Sage, doch ganz in Schwarz, mit einem schuppigen Körper, breiten Schwingen und riesigen Krallen. Der Kopf hingegen ähnelt dem eines menschlichen Wesens!

Freundlich blickt es ganz bestimmt nicht, es erscheint finster schwarz, mit Hörnern, die jenen eines Teufels ähneln.

An ein Wegkommen ist nicht mehr zu denken, denn das Wesen füllt die Tür komplett aus.

„Ich habe nur einen Unterschlupf gesucht, ich wollte dir sicher nichts wegnehmen oder tun!", versucht Zenit das Drachenwesen zu besänftigen. Es scheint ihm nicht zu gelingen, denn die Augen blicken weiterhin böse und finster auf ihn. „Ich kann auch sofort gehen!", schlägt Zenit vor.

„Du kommst mir gerade zur richtigen Zeit!", donnert das Wesen unheilverkündend. Erschrocken versucht Zenit, an dem Ungetüm vorbei durch die Tür des Rondells zu fliehen. Doch es ist zu spät!

Er wird von dem Drachen mit beiden Krallen gepackt. Er zwängt sich durch die Tür des Rondells nach draußen, breitet seine großen Flügel aus und fliegt in die Nacht hinaus. „Jetzt ist alles verloren, das überlebe ich bestimmt nicht!"

Den ganzen Flug über hat Zenit nur diesen einen Gedanken im Kopf. Sein langer, beschwerlicher Weg ist jetzt doch umsonst gewesen. Wie soll er denn jemals wieder in die Gegend, wo er gewesen ist, zurückkommen?

Wo bringt ihn der Drache überhaupt hin? Was geschieht dann mit ihm? So viele Fragen, auf die er keine Antwort weiß.

„Wohin bringst du mich?", fragt er voller Furcht. Der Drache gibt keine Antwort. Vielleicht will oder kann er nichts hören.

Mitten im Flug verliert Zenit sein Bewusstsein. Zum zweiten Mal, seit er seine Höhle verlassen hat, wird er ohnmächtig!

Als er wieder aufwacht, befindet er sich in einem prächtigen Raum. Er sieht wie ein prunkvoll eingerichtetes Zimmer eines Schlosses aus. Darin befinden sich viele kostbare Möbel, Bilder von vornehm gekleideten Frauen und Männern an den Wänden und goldene Kerzenhalter. Die Kerzen brennen und vermitteln eine richtig romantische Stimmung. Zenit ist jedoch überhaupt nicht danach zumute.

Was geschieht jetzt hier mit ihm? Ist er ein Gefangener von dem Ungeheuer? Bekommt er etwas zu essen oder wird er verhungern? Wieder so viele Fragen, die er sich stellt und auf die er keine Antwort erhält.

Ob es ihm etwas sagen wird? Er ist nicht hier, Zenit kann ihn nirgendwo sehen. Er ist allein in diesem Raum.

Jetzt erst entdeckt er, dass er gefesselt ist! Das ist ihm vorher gar nicht richtig aufgefallen. Er merkt, dass er kein Gefühl mehr in seinen Beinen, Hufen, Armen, sowie Händen hat. Sie sind ganz taub geworden.

Es ist kein Wunder, denn er ist gefesselt. Seine Arme und Hände kann er gerade noch frei bewegen, er ist jedoch an der Wand des Raumes mit einer Eisenkette festgehängt.

Seine beiden hinteren Hufe sind mit festen Stricken zusammengebunden. Er ist tatsächlich ein Gefangener des Drachenwesens! Hat er es sich doch gedacht!

Doch in welcher Gegend befindet er sich hier? Wo gehört dieses Schloss dazu? Ist der Drache so etwas wie ein König oder lebt er zufällig hier? Zenit möchte es herausbekommen.

Vorher muss er eine Möglichkeit finden, sich zu befreien. Das wird nicht so leicht werden. Doch er gibt in keiner Situation auf. Zenit versucht mit seinen freien Händen die Stricke zu lösen.

Da öffnet sich plötzlich die Tür des Raumes. Das Drachenwesen zwängt sich hindurch, es kommt auf ihn zu.

„Bist du wieder aufgewacht?", fragt es mit einem Grinsen im Gesicht. „Wo bin ich hier?", fragt Zenit ganz aufgeregt. „Was hast du mit mir vor?"

„Dies ist Schloss Drachenstein von Drachenstadt, ich lebe hier! In dem Rondell bin ich immer nur, wenn ich auf der Durchreise bin. Du kannst hierbleiben, solange du willst!" Der Drache lacht helmisch.

„Ich will nicht hierbleiben!", fährt Zenit den Drachen an. Er bleibt gelassen. „Ganz, wie du möchtest, dann bleibst du nicht freiwillig hier!" „Was soll ich hier, wozu brauchst du mich?", schreit Zenit jetzt ganz wütend.

„Du wirst es rechtzeitig erfahren!", kündigt das Drachenwesen an. „Damit du mir nicht vom Fleisch fällst, bekommst du erst einmal ein Abendessen."

„Ich will kein Essen, ich will weg von hier!", schreit Zenit so laut er kann. „Ändert es etwas, wenn du so schreist? Du erschrickst nur alle Mitbewohner!" Er stellt fest, dass das Drachenwesen am längeren Hebel sitzt.

„Ich muss meine Strategie ändern, sonst komme ich nie von hier weg. Ich finde dann auch nicht heraus, wer die Mitbewohner des Drachen sind. Vielleicht hat er ja noch mehr gefangene Wesen wie mich? Wenn ich es klug anstelle, kann ich nicht nur mich, sondern auch noch andere Gefangene befreien. Also sage ich jetzt erst einmal gar nichts mehr."

Der Drache wundert sich: „Du bist ja auf einmal so still." „Gefällt es dir jetzt bei mir?", fragt er und seine Augen leuchten dabei.

„Ich glaube, ich möchte doch erst einmal etwas essen", stellt Zenit fest. „Das ist sehr vernünftig, ich möchte nicht, dass irgendjemand, der bei mir zu Gast ist, verhungert", sagt der Drache und verspricht: „Ich lasse dir dein Essen bringen!"

Er verschwindet durch die weiße, mit Gold verzierte Tür hinaus. Aus den anderen Räumen dringen verschiedenste Geräusche zu Zenit herein. Er kann aber nicht erkennen, ob es sich um Stimmen oder Tierlaute handelt. Er kann nur feststellen, dass es Lebewesen sind.

Zenit möchte sich eine Strategie überlegen, wie er am besten von hierwegkommt, ohne einen Verdacht bei dem Drachenwesen zu erwecken. So hat er sich vorgenommen, sich nicht mehr mit Händen und Füßen zu wehren. Er denkt über eine mögliche Lösung seiner Lage nach.

Nachdem einige Zeit vergangen ist, öffnet sich die Tür. Ein anderer Drache fährt einen Servierwagen herein. „Ich habe gehört, du möchtest ein Abendessen, verhungern soll hier niemand", lacht er.

Dann tischt er auf. Schlecht lebt es sich nicht bei dem Drachenwesen, es sieht alles furchtbar lecker aus. Zenit freut sich richtig darauf.

„Trotzdem möchte ich so schnell wie möglich von hier weg, da kann er mich auch nicht mit dem besten Essen zum Hierbleiben verleiten." Dennoch lässt er es sich schmecken.

„Immerhin ist es umsonst. Vielleicht habe ich nach so einer guten Mahlzeit einen Einfall. Ich müsste mich irgendwie von meinen Fesseln befreien können. Das werde ich doch schaffen, oder? Jetzt habe ich eine Idee: Ich mache etwas von dem Geschirr kaputt und behalte mir eine größere Scherbe. Damit könnte ich heute Nacht vielleicht meine Fesseln zerschneiden."

Es ist für Zenit nicht schwierig, einen der Teller aus teuer aussehendem Porzellan kaputt zu schlagen. Kaum hat er eine große Scherbe versteckt und in Sicherheit gebracht, kommt auch schon wieder der Drache herein, der ihm das Abendessen serviert hat: „Was ist denn hier passiert, das hat ja noch niemand vor dir geschafft, einen Teller zu zerbrechen!" „Bitte sei nicht böse, es war nur ein Versehen." Zenit versucht richtig eingeschüchtert zu schauen, so als ob er Angst hätte.

„Es kann ja einmal vorkommen, aber pass bitte in Zukunft besser auf! Michdrach kann sonst sehr böse werden."

Michdrach, so heißt demnach das Drachenwesen. Zenit verspricht ängstlich, in Zukunft besser aufzupassen.

Der Drache räumt das Geschirr ab, fährt mit dem Wagen nach draußen und schließt die Tür. Zenit hört, wie der Schlüssel im Schloss zweimal herumgedreht wird.

„Ich muss bis heute Nacht warten, bis hier alle schlafen, sonst kann es sein, dass ich erwischt werde. Das Risiko ist einfach zu groß. Es darf nichts dazwischenkommen, damit ich die anderen Lebewesen in dem Schloss ebenfalls befreien kann."

Mit diesen Gedanken versucht Zenit, sich selbst Mut zu machen und auszuharren, bis sich eine günstige Gelegenheit für eine Flucht bietet. Ab und zu hört er aus den anderen Räumen des Schlosses verschiedenartige Laute. Doch mit der Zeit wird es leise.

Er schließt daraus, dass langsam alle eingeschlafen sind. Dass nicht einmal mehr das Drachenwesen Michdrach nach ihm gesehen hat, verwundert Zenit ein bisschen.

„Ich habe kein Verlangen danach, ihn zu sehen. Er soll bleiben, wo er ist." Zenit merkt nicht, dass er einschläft.

Mitten in der Nacht fährt er erschrocken aus dem Schlaf. Er wollte doch wach bleiben! Ach ja, das ist ja wieder eine anstrengende sowie aufregende Reise gewesen. Deshalb ist er vor Erschöpfung eingeschlafen.

Ganz vorsichtig hört er, ob er irgendwelche Geräusche vernehmen kann. Alle scheinen in tiefem Schlummer zu sein, denn es ist nichts zu hören, außer der einen großen und vornehm wirkenden Standuhr hier im Raum. Sie tickt gleichmäßig.

Vorsichtig, um niemand zu wecken, sucht Zenit seine zerbrochene Scherbe. Ganz schön spitz ist sie, aber damit wird er seine Fesseln an den Hufen superleicht zerschneiden können.

Er beginnt zu säbeln. Na, ganz so leicht, wie er sich das vorgestellt hat, ist es dann doch nicht. Es sind wirklich stabile Seile, die um seine Beine und Hufe gewickelt sind.

Jetzt, da er daran arbeitet, merkt er, wie sehr die Fesseln in seine Haut einschneiden. Dadurch kommt das taube Gefühl, das er hat.

Er gibt nicht auf: Stetig und konzentriert macht er weiter. Bei dem einen Seil ist er schon weit gekommen. Dann schafft er den Rest auch noch. Mit dieser Motivation setzt er sein Tun fort.

Mit einem Mal ist er bei dem einem Seil ganz durch. Es ist ein richtiges Erfolgserlebnis. Zwei seiner Beine kann er wieder etwas bewegen. Es tut richtig weh, kein Wunder, da jetzt das Gefühl der Taubheit nachlässt.

Er macht eine kurze Pause, denn auch seine Hände schmerzen sehr. Was tut dieses Drachenwesen ihm bloß an, ihm und den anderen Lebewesen hier im Schloss?

Der Gedanke, dass er noch mehreren das Leben retten kann, motiviert Zenit. Er macht bei seiner anderen Seite bei den Beinen weiter. Jetzt hat er den richtigen Schwung. Es geht dieses Mal viel einfacher.

Die letzten Millimeter durch das Seil … Dann fallen die Fesseln ab. Er ist frei! Zenit kann es nicht fassen, dass es gelungen ist. Am liebsten würde er hier einen Freudentanz aufführen, doch er muss vorsichtig sein, dass er sich nicht im letzten Augenblick verrät.

Doch wie kommt er jetzt unbemerkt aus seinem Gefängnis hinaus? Er hat deutlich gehört, wie der Drache, der ihm das Abendessen gebracht hat, die Tür zugesperrt hat.

Vorsichtig schleicht Zenit zu der Tür. Er rüttelt daran. Sie ist fest verschlossen. Einen anderen Eingang zu diesem Raum gibt es nicht.

Da wäre ja noch das Fenster! Vielleicht ist dies eine Möglichkeit zu entkommen? Er geht hin, schaut nach draußen. Es ist eine tief schwarze Nacht!

Von seinem Fenster geht es steil abwärts, er ist in einer der höheren Etagen des Schlosses. Hat er es sich doch gedacht! Das Drachenwesen hat ihn nicht in das Erdgeschoss gesperrt.

Doch halt, was sieht er denn nebenan? Ist da nicht ein Mauervorsprung zu sehen, auf dem er zu dem benachbarten Turm klettern könnte?

Was nimmt er sich da denn wieder Waghalsiges vor? Ist das Risiko dafür nicht zu groß? Es besteht doch die Gefahr, dass er, gerade mit seinen vier Beinen und Hufen, abrutschen und meterweise in die Tiefe fallen könnte.

Er merkt aber, dass er es riskieren muss. Seine Freiheit sowie die seiner Mitgefangenen steht auf dem Spiel.

Vorsichtig, ohne Lärm zu machen, öffnet er das Fenster. Es geht völlig problemlos. Er darf nicht hinuntersehen, sonst wird ihm sofort schwindelig.

Er versucht, den Mauervorsprung auf der anderen Seite mit der Hand zu greifen. Er erreicht ihn, doch dazu muss er sich schon weit aus dem Fenster lehnen.

Nun versucht er, mit seinen beiden hinteren Hufen den Absatz in der Mauer zu erklimmen.

Mit seinen Händen hält er sich an dem Fensterbrett von seinem Raum fest. In diesem Augenblick hängt er quer von einem Fenster zum anderen. Zenit wird es ganz anders.

Er muss das sichere Fensterbrett loslassen, um seine beiden Hufe auf die andere Seite zu schwingen.

Es ist eine unmögliche Sache! Er möchte mit seinen beiden Händen auf das andere Fensterbrett wechseln, um wieder festen Halt zu haben. Da passiert es! Er rutscht ab und beginnt zu fallen.

Er hat es gewusst, jetzt ist es vorbei mit ihm! Die Flucht aus seinem Gefängnis hat ihm gar den Rest gegeben.

Doch er fällt nicht tief. Er kommt gar nicht unten an. Mit dem Pullover, den er anhat, bleibt er an einer Zinne, die von einem Erker ausgeht, hängen. Hoffentlich reißt der Pullover jetzt nicht auf, sonst fällt er doch noch hinunter.

Er sieht von dem Erker einen Mauervorsprung, so wie oben. Da muss er jetzt mit seinen beiden Händen hin fassen.

Er zieht sich hoch. Er merkt, wie seine Beine in der Luft schwanken. Sein Pullover beginnt zu reißen, schnell stellt er seine beiden hinteren Beine auf den Mauervorsprung.

Mit einem Schwung holt er seine beiden vorderen Beine nach. Es ist richtig schmal hier, er hat kaum Platz.

Darauf achtet aber Zenit nicht. Mit zitternden Händen öffnet er das Fenster und lässt sich in den angrenzenden Raum gleiten.

Er hat es geschafft! Er ist frei, in einem anderen Raum des Schlosses! Hoffentlich ist dies jetzt nicht ausgerechnet das Schlafzimmer des Drachenwesens.

Es ist es nicht, das bemerkt er schon nach kurzem Umsehen.

Zenit atmet erleichtert auf. Doch wie soll er die anderen Gefangenen des Schlosses befreien?

Er weiß es nicht, er muss erst einmal erkunden, wie er selbst unbemerkt weiterkommt. Er öffnet die Tür des Raumes, der nur ein kleines, rundes Erkerzimmer darstellt.

Jetzt steht er in einem langen Gang des Schlosses. An den Steinwänden hängen Fackeln. Vorsichtig schleicht Zenit vorwärts, ohne zu wissen, wo es hingeht.

Hinter einer Tür hört er ein herzzerreißendes Weinen.

Ganz sanft versucht er, die Türe zu öffnen. Natürlich ist sie abgeschlossen. Nachdem er die Türklinke bewegt hat, hört das Weinen kurz auf. Anscheinend ist das Wesen in dem Raum erschrocken.

Der Schlüssel steckt tatsächlich im Schloss. Vorsichtig dreht er ihn um. Die Türe ist zweimal abgesperrt. Das Drachenwesen ist anscheinend sehr sorgfältig. Doch dann kann er sie öffnen.

Innen ist es stockdunkel. Es brennt weder ein Licht noch eine Kerze. „Wer kommt da?", ruft eine ängstliche Stimme.

„Ich bin Zenit, vor mir brauchst du keine Angst haben. Wer bist du?" „Ich bin Melfi, eine Fee, ich werde hier gefangen gehalten." „Was machst du hier?", fragt Melfi immer noch ängstlich. „Ich bin genauso gefangen gewesen wie du, ein paar Stock-werke oberhalb von hier", berichtet Zenit.

„Du konntest dich befreien? Das ist ja toll, das hat vor dir noch niemand geschafft! Wir warten schon so lange darauf, dass jemand kommt, um uns zu befreien." „Ja, aber dann lass uns gleich gehen, bevor das Drachenwesen es merkt!", flüstert Ze-nit ganz aufgeregt.

Leise schleichen sie los, ohne viel Lärm zu machen. „Mel-fi, kennst du die anderen Wesen, die hier im Schloss noch ein-gesperrt sind, und weißt du, in welchen Räumen sie sind?" „Ja, sie sind überall verstreut und auf den verschiedensten Stockwer-ken untergebracht. Das habe ich schon herausfinden können."

„Kennst du welche von ihnen?", fragt Zenit. „Du könntest sie darauf vorbereiten, dass sie befreit werden, damit sie vor lau-ter Freude nicht so viel Lärm machen", erklärt er sein Vorhaben.

„Das kann ich machen, ich gehe voraus und zeige dir den Weg, dann soll jeder möglichst viele Gefangene befreien. So können wir das ganze Schloss leeren." Melfi strahlt vor Freude über ihren Einfall.

„Das ist eine gute Idee. Wen kennst du nicht, wen soll ich befreien?", fragt Zenit. „Ich mache das schon, geh doch hinun-ter in die Eingangshalle, da sollen sich alle Befreiten nach und nach sammeln und dann verlassen wir alle zusammen diesen ver-wünschten Ort!", strahlt Melfi. „So machen wir es", pflichtet Zenit ihr bei und nimmt dann den Weg Richtung Eingangshal-le. Melfi geht ebenfalls ihres Weges.

Zenit läuft die große prächtige Treppe hinunter. „Hier geht es Richtung Freiheit", denkt er sich. Er muss nur noch auf die anderen warten, dann ist er wieder in der Lage, selbst entschei-den zu können. Hoffentlich kommt jetzt nichts mehr dazwischen.

Unten angekommen stellt er fest, dass es hier richtig dunkel ist. Er kann überhaupt nichts erkennen. Wie soll er dann feststel-len, ob wirklich alle Geschöpfe da sind, die gefangen gewesen sind? Aber er rechnet damit, dass Melfi es schon gut machen wird.

„Bist du Zenit?", flüstert nach einiger Zeit eine Stimme auf der Treppe. „Ja, bin ich, wer bist du?"

„Ich bin Schimpfuchs", antwortet die Stimme ganz leise zurück. Mit der Zeit gewöhnen sich ihre Augen an die Dunkelheit. Zenit erkennt ein Mischwesen aus einem Schimpansen und einem Fuchs neben ihm, er ist total aufgeregt.

Immer mehr Lebewesen versammeln sich in der Eingangshalle. Sie können es alle gar nicht fassen, dass sie befreit worden sind. Niemand im Schloss bekommt etwas von der Rettungsaktion mit.

Zuletzt kommt Melfi mit einem Feenmann die Treppe herunter. „So, das wären jetzt alle, es sind zum Glück nicht zu viele, sonst wäre es schwieriger gewesen, sie zu befreien." „Ja, lasst uns keinen Lärm machen, nicht dass wir uns in letzter Sekunde doch noch verraten."

Gemeinsam verlassen sie das Schloss. Sie kommen in einen großen, prächtigen Garten, der ganz im Dunkeln liegt.

„Wie kommen wir jetzt nur wieder nach Hause zurück?", fragt Zenit leise. „Wo ist denn dein Daheim?", möchte Melfi wissen.

„Ich bin gerade dabei, mir ein neues Zuhause zu suchen. Ich habe viele Jahre in einer Höhle im großen Wald gelebt. Ich wollte jedoch erkunden, was sich jenseits der Grenze des Waldes befindet."

„Das ist sehr interessant und mutig von dir", erklärt Melfi. „Es ist noch gar nicht so lange her, dass ich nach einer langen Reise in der wunderschönen, prachtvollen Gegend außerhalb des Waldes angekommen bin. Leider habe ich in einem Rondell übernachtet, das dem Drachenwesen gehört, dort bin ich entführt worden." „Ja, so ging es mir auch", flüstern aufgeregt einige von den anderen Lebewesen durcheinander. „Wir waren ebenfalls in dieser Gegend!"

„Bedeutet dies, dass wir jetzt alle zusammen wieder dorthin zurückgehen müssen?", fragt Zenit. „So wird es wohl sein", flüstert Melfi.

Sie verlassen den großen Schlossgarten und stehen nun im freien Gelände. Doch wie geht es jetzt weiter, wie kommen sie zurück?

„Ich wünschte, ich könnte euch nach Hause führen, doch ich kenne den Weg leider nicht." Zenit wirkt niedergeschlagen. „Es ist sicher leichter gewesen, euch zu befreien, als den Weg wieder zurückzufinden."

„Du hast selbst gesagt, dass wir nicht aufgeben sollen, wir müssen eben danach suchen!", erklärt Melfi. „Wie willst du das denn machen?", fragt Zenit. „Wir haben ja keine Landkarte, die wir nutzen könnten."

„So etwas brauchen wir nicht. Du vergisst, dass wir Feen uns unserer Zauberkräfte bedienen können", erklärt sie, dabei schwingt sie ihren Zauberstab hin und her. „Ich wusste es wirklich nicht. Wieso konntest du dich dann nicht einfach befreien?"

„Wenn ich in der Gewalt eines anderen Wesens bin, funktioniert mein Zauber nicht. Mir ist die Befreiung der anderen auch nur gelungen, weil du mich befreit hast. Was wir jetzt brauchen, ist eine Kristallkugel. Sie wird uns zwar nicht den genauen Weg, wohl aber Anhaltspunkte zeigen, wie wir ihn finden können!"

Erneut schwingt Melfi ihren Zauberstab hin und her. Sprühende Funken schießen aus ihm heraus. Es entsteht ein richtiges Funkenmeer. Aus diesem Funkenmeer bildet sich nach einiger Zeit eine Kristallkugel.

Zenit kann seine Augen nicht davon abwenden. „So viel Magie sehe ich nicht alle Tage!" Wie gebannt schaut er in die Kugel, in der es so wie bei Seifenblasen schäumt.

„Kannst du denn schon etwas Genaueres erkennen?", fragt Zenit. „Nein, wir müssen etwas warten, bis wir eine klare Sicht bekommen."

Melfi hebt die Hand zum Zeichen, dass alle anderen Mitwanderer ruhig sein sollen. Es funktioniert ausgezeichnet. Nach einiger Zeit wird die Sicht in die Kugel klarer, sie beginnt, durchsichtig zu werden.

Danach sehen Melfi und Zenit einen Fluss in der Kugel auftauchen. „Ist das etwa der Weg, den wir nehmen müssen?" „Die Zauberkugel irrt sich nie", antwortet Melfi.

„Wir müssen nach einem Fluss Ausschau halten!" Sie sehen in der Zwischenzeit noch etwas anderes: Es wird ein Weg am Fluss gezeigt, dann erscheint die Berglandschaft, in der sie sich gerade befinden.

„Das bedeutet, wir sind auf dem Weg zu dem Fluss", erklärt Melfi. „Weiter reicht die Zauberkraft der Kugel nicht. Wir sollten jetzt erst einmal den Fluss finden, dann werfen wir erneut einen Blick in die Kugel."

Die gesamte Gruppe macht sich auf den Weg. Zuerst finden sie keinen Fluss. Sie laufen und laufen. Manche der Mitwanderer sind so lange Strecken nicht gewohnt. Sie müssen des Öfteren eine kurze Pause einlegen, damit sich einige von ihnen wieder erholen können.

Jetzt wandern sie gerade einen Hügel hinauf. Als sie oben angekommen sind, sehen sie ihn endlich unten auf der anderen Seite: den Fluss. Melfi und Zenit atmen erleichtert auf.

„Ein großes Stück des Weges ist geschafft, jetzt müssen wir nur noch durchhalten", motiviert Melfi die Gruppe.

„Ob es danach noch lange dauert?", fragen einige. „Müssen wir über den Fluss?" „Das wird uns die Zauberkugel schon zeigen!"

In schnellem Tempo sind sie unten angekommen. „Jetzt wird es richtig spannend, was uns die Kristallkugel zeigen wird", sagt Melfi leise und hebt die Kugel in die Höhe.

Der Seifenblasenschaum im Inneren der Kugel wird langsam klarer. Zuerst ist wieder nur der Fluss zu sehen, dieses Bild kennen sie ja nun schon. Mit der Zeit verschwindet das Bild der umliegenden Landschaft, es ist nur noch das Wasser des Flusses zu erkennen.

„Oh nein, wir müssen ins Wasser!", rufen viele der anderen Mitreisenden. „Das ist doch gar nicht sicher!", beruhigt Melfi. „Vergesst nicht, ich habe magische Kräfte. Ich kann nur gegen Drachenwesen nichts ausrichten, wenn sie mich gefangen haben. Aber ein Gewässer kann ich leicht überwinden!"

„Wie willst du das denn anstellen?", fragt Zenit. Melfi stellt die Kristallkugel auf den Boden. Sie schwingt erneut ihren Zauberstab hin und her.

Sprühende Funken stieben aus ihm heraus, ein bunter Nebel entsteht. „Was ist jetzt los?", fragen viele durcheinander. „Wie geht es weiter?"

„Es kommt gleich Klarheit in die Angelegenheit!", ruft Melfi.

Die Funken in der Kugel wirbeln wild durcheinander. Da gibt es auf einmal einen ohrenbetäubenden Knall. Etwas platzt und Tausende Seifenblasen schweben herum.

„Ich denke, es wird deutlicher in dieser Sache!", sagt der Feenmann erschrocken.

„Das ist mir ja noch nie passiert!" Melfi ist richtig zusammengezuckt. „Jetzt weiß ich nicht, wie es weitergehen soll."

„Naja, die Kristallkugel hat, als sie noch ganz war, gezeigt, dass wir uns auf dem Wasser immer stromabwärts bewegen sollen", sagt der Feenmann.

„Das hast du erkannt? Ich habe auf die Flussströmung nicht geachtet." Melfi wirkt ganz verunsichert.

„Es bedeutet, wir brauchen so etwas wie ein Schiff, um weiterzukommen", wendet sich Zenit an Melfi. „Kannst du uns so etwas herbeizaubern?" „Ein richtiges Schiff? Das übersteigt meine Kräfte. Jetzt weiß ich nicht, wie es weitergehen soll." Etwas deprimiert lässt sich Melfi ins Gras sinken.

„Wir geben jetzt doch nicht auf, das habe ich auf meiner ganzen Reise nicht getan", ruft Zenit. „Aber wir wissen nicht, was wir machen sollen, jetzt kommen wir nicht weiter", jammert eine Springmaus. „Wir überlegen in aller Ruhe, was wir machen können. Viele Ideen habe ich allerdings auch nicht. Aber ich weiß aus Erfahrung, dass sich Lösungen oft ganz von allein ergeben." Zenit versucht, die Gruppe aufzuheitern. Alle sitzen ziemlich niedergeschlagen am Boden.

Doch Zenits Worte machen Eindruck auf sie, er merkt, dass sie weiterkommen möchten. „Aber was können wir jetzt machen?", fragen einige.

„Wir können erst einmal die nähere Umgebung absuchen, ob wir etwas finden, was uns hilft", schlägt Zenit vor. „Denkst du, wir finden ein Schiff, auf dem wir auf dem Fluss fahren könnten?", fragt da jemand.

„Wer sagt uns, dass wir ein Schiff brauchen?", fragt Zenit zurück. „Ich stand während meiner Reise schon vor den schwierigsten Hindernissen. Oft ist eine ganz andere Lösung eingetreten, als ich gedacht hätte."

Die Gruppe schöpft wieder etwas mehr Hoffnung. Alle stehen auf. „Du hast recht, wir müssen etwas tun, kommt, lasst uns anfangen zu suchen", rufen sie durcheinander. Sie sind in einer richtigen Aufbruchsstimmung.

„Immerhin kann ich noch fliegen, ich könnte weitläufiger aus der Luft nachsehen, ob es etwas zu entdecken gibt." „Das ist eine gute Idee", sagt Zenit laut. „Melfi, fliege du voraus, wir werden hier verschiedene Richtungen genauer absuchen."

Die Gruppe kommt nun richtig in Bewegung. Sie zerstreut sich und alle schwärmen aus. Sie suchen nach einer Lösung, wie sie auf dem Fluss stromabwärts fahren könnten.

Je länger sie suchen, desto mehr sinkt ihre Motivation. Hängen sie jetzt wirklich hier fest? Das kann doch gar nicht sein, dass es für sie keine Lösung mehr gibt.

Melfi geht es genauso. Sie kann nichts finden. Sie fliegt umher, aber sie kann sich dabei gar nicht richtig über die wunderschöne Landschaft freuen.

Mit einem Mal stoppt sie mitten im Flug. Sie sieht etwas in der Luft, womit sie nicht gerechnet hat. Zenit hat Recht behalten. Man sollte nie aufgeben, denn manchmal fliegt die Lösung einem, im wahrsten Sinne des Wortes, direkt vor die Nase – so etwas ganz Ungewöhnliches.

Vor ihr schwebt ein riesiger Heißluftballon am Himmel genau in die von ihnen gewünschte Richtung. Wer hat denn gesagt, dass sie unbedingt auf dem Wasser ihr Ziel erreichen müssen?

Das kann die Kugel nicht bestimmen. Wenn sie mit einem Ballon entlang des Flusses fahren, kommen sie ebenfalls an ihr Ziel. Melfi versucht herauszufinden, wer sich in der Gondel befindet. Sie kann es gar nicht glauben: Sie erkennt einen langen Giraffenhals. „Ich bin froh, dass ich dich gefunden habe", erklärt Melfi. „Wer bist du?" „Ich bin Girbär!" Erst jetzt sieht Melfi, dass sich an den Giraffenhals ein Bärenbauch mit Bärenbeinen und Bärenarmen anschließt. „Nett dich kennenzulernen, ich bin Melfi, eine Fee!" „Hoffentlich bist du meine gute Fee, kannst du mir helfen?", fragt Girbär. „Wie soll ich dir denn helfen, ich brauche doch selbst Hilfe", erklärt Melfi.

„Du brauchst Hilfe?", fragt Girbär erstaunt. „Ich dachte, du kannst zaubern." „Ja, wir sind eine Gruppe unterschiedlicher Reisender. Wir waren alle Gefangene eines Drachenwesens. Meine Zauberkugel hat, bevor sie kaputtgegangen ist, gezeigt, dass wir stromabwärts entlang des Flusses reisen müssen. Wir dachten zuerst an ein Schiff, aber jetzt bist du mir entgegengekommen. Ich frage dich, ob du uns mit deinem Heißluftballon stromabwärts mitnehmen kannst?" Melfi ist bei ihrer Frage immer etwas schüchterner geworden, sie kann nicht einordnen, wie die Reaktion von Girbär auf ihre Frage sein wird.

Doch ihre Sorge ist unbegründet. „Du glaubst nicht, wie sehr du mir damit hilfst!", ruft Girbär erleichtert. „Ich suche schon so lange nach einer Aufgabe! Mit einem Heißluftballon allein zu fahren macht keinen richtigen Spaß! Seid ihr viele? Ihr könnt gerne alle bei mir einsteigen."

„Wir sind eine relativ große Gruppe. Alle werden bestimmt nicht in deine Gondel passen." „Dann fahre ich eben ein paar Mal hin und her. Es macht mir nichts aus." „Das würdest du wirklich für uns tun? Ich kann dir aber nicht sagen, wie weit wir fahren müssen, bis wir alle wieder zu Hause sind."

„Es macht auch nichts, wenn es weit ist, ich fahre gerne!" „Ist es dir recht, wenn wir diese gute Nachricht allen Reisenden mitteilen würden und wenn ich mit dir mitfahren könnte?" „Na klar, nur zu!", muntert Girbär Melfi auf.

„Wir fahren am besten zu dem Treffpunkt, von wo unsere Gruppe aufgebrochen ist und wo wir uns nach zwei Stunden wieder verabredet haben", erklärt Melfi. „Alle anderen müssten demnach bald dort sein."

Als sie dort landen, sehen sie noch nichts von den anderen. „Sie kommen bestimmt bald!", bemerkt Melfi. „Wir haben Zeit, es eilt überhaupt nicht", beruhigt sie Girbär. „Melfi, was hast du denn gefunden?", ruft ihr Zenit von Weitem entgegen. „Wenigstens hast du etwas gefunden. Ob wir damit stromabwärts kommen, weiß ich allerdings nicht!"

„Wir kommen damit stromabwärts, aber nicht auf dem Fluss, sondern in der Luft über dem Fluss." Melfi ist ganz aufgeregt, Zenit alles genau zu erzählen. Zenit staunt nicht schlecht, nachdem er ihren Bericht gehört und verstanden hat. „Kannst du deinen Ballon denn lenken?", fragt er Girbär. „Normalerweise schon, es sei denn, es kommt ein heftiger Sturm auf, dagegen kommt mein Heißluftballon nicht an."

In der Zwischenzeit kommen immer mehr Mitreisende an, sie bestaunen das Flugobjekt, das ihnen die Möglichkeit zu einer Rückkehr in ihre Heimat bietet. „Ist es denn nicht gefährlich, in so eine Gondel einzusteigen?", fragen einige. „Auch nicht gefährlicher, als dass beim Laufen etwas passiert!", entgegnet Girbär. „Soll es losgehen? Ich bringe euch in kleinen Gruppen an euren Zielort, so weit wird es von hier wohl nicht sein, zumindest nicht, wenn ihr in einem Heißluftballon reist. Mit einem Schiff würde es wahrscheinlich viel länger dauern."

Die ersten Passagiere steigen an Bord. Girbär gibt das Startsignal und der Heißluftballon steigt in die Höhe. Bald ist die kleine Gruppe in der Gondel nur noch von Weitem zu sehen.

„Wir sind bald wieder zu Hause", sagt Melfi erleichtert. „Ich bin so froh, dass unsere Reise so gut verlaufen ist, ohne dass irgendjemand etwas passiert ist." Alle der ehemaligen Gefangenen sind erleichtert und froh, dass sie nun die Aussicht auf eine baldige Heimkehr haben.

„Ihr habt es gut, ihr wisst, wo euer Zuhause ist, ich weiß es nicht", bemerkt Zenit etwas traurig und niedergeschlagen. „Wieso weißt du es nicht?", möchte Melfi wissen.

„Ich habe doch in dem Rondell gewohnt, das dem Drachenwesen gehört, ich kann ja nicht dorthin zurückkehren", gibt Zenit zu bedenken. „Du kannst gerne mit zu mir kommen", bietet Melfi ihm an. Zenit schüttelt den Kopf.

„Ich muss mir mein eigenes Zuhause suchen. Ich muss in meiner neuen Gegend erst einmal selbst ankommen und will da Wurzeln schlagen." „Das kann ich verstehen. Möchtest du mich denn besuchen?"

„Das will ich gerne machen, sobald ich mich in meinem neuen Zuhause eingelebt habe", verspricht ihr Zenit.

Von Weitem sehen sie den Heißluftballon, wie er wieder zurückkommt. „Alle Passagiere sind gut nach Hause gekommen", ruft Girbär schon von der Ferne. „Wer möchte als Nächstes einsteigen?" „Geht ihr zuerst, Melfi und ich fahren mit der letzten Runde mit."

Zenit fühlt sich für alle Mitglieder der Reisegruppe verantwortlich. „Jetzt so im Nachhinein ergibt es einen Sinn, dass du ein Gefangener gewesen bist, denn sonst hättest du uns nicht befreien können", stellt Melfi stolz fest.

„Ich denke auch, dass es meine Aufgabe war." Zenit kann sein Erlebnis jetzt anders einordnen.

In der Zwischenzeit startet der Heißluftballon ein zweites Mal. Alle Lebewesen, die eingestiegen sind, winken und bedanken sich vielmals für alles. Sie haben Tränen in ihren Augen, als sie wegfahren.

„Jetzt wird es nicht mehr lange dauern", sagt Melfi. „Ich bin schon ganz aufgeregt, da ich bald zu Hause sein werde", gesteht sie.

„So ein Gefühl habe ich noch nie gehabt, aber ich werde mein neues Zuhause finden." Zenit ist sich sicher, dass er alles bekommen wird, was er benötigt.

„Ich bin mir sicher", stimmt Melfi ihm zu. „Immer unterwegs zu sein, ist nicht gut. Wir brauchen einen festen Standort in der Welt." „Fährst du in der Gondel mit oder fliegst du die Strecke selbst?", fragt Zenit.

„Ich werde in der Gondel mitfahren. Wenn ich selbst fliege, würde ich viel zu lange brauchen, außerdem müsste ich unterwegs öfter eine Pause machen. So spare ich mir Zeit und es ist angenehm, nicht immer selbst fliegen zu müssen." Alle schauen gespannt in die Richtung, aus der sie den Heißluftballon zurückerwarten.

Die noch hier verbliebenen Reisenden setzten sich zwischenzeitlich hin, da der Heißluftballon nicht mehr in Sichtweite ist. „Es ist eine ungewöhnliche Art zu reisen", bemerkt der Feenmann. „Ja, aber sehr effizient, ich dachte, es dauert viel länger.

Jetzt ist fast unsere gesamte Gruppe schon wieder zu Hause." Melfi ist ganz begeistert. „Ich habe ein bisschen Angst vor dem Flug!", gesteht da ein Eichhörnchen. „Ich hoffe, dass ich mich überhaupt traue, einzusteigen und dass mir nicht schwindelig wird. Das ist eine große Sorge von mir."

„Wir helfen dir, wir passen auf dich auf, damit dir nichts passiert!", macht Zenit ihm Mut. „Das ist lieb von dir!", antwortet das Eichhörnchen. „Nicht dass ich vor lauter Angst hierbleiben muss." „Wir nehmen dich in unsere Mitte!", verspricht Melfi.

Die gesamte Gruppe schaut in die Richtung, in die der Heißluftballon verschwunden ist. Es ist nichts zu sehen. „Jetzt kommt mir das Warten viel länger als vorher vor." Der Feenmann rutscht unruhig auf seinem Platz hin und her.

„Nur zu warten, ist ja auch langweilig, vielleicht sollten wir uns ablenken", schlägt Zenit vor. „Wie willst du dich denn hier ablenken?", möchte Melfi wissen.

„Wollen wir etwas spielen?", fragt das Eichhörnchen. „Dann bin ich nicht so aufgeregt." „Ja, aber was?", fragt Zenit zurück und führt aus: „Ich kenne nicht so viele Spiele. Ich war ja immer allein. Es ist schwierig, mit sich selbst zu spielen."

„Möchten alle etwas spielen oder gibt es hier jemand, der keine Lust hat?", ruft Melfi in die Gruppe hinein. Alle nicken zustimmend.

„Aber was wollen wir denn spielen?", fragt Schimpfuchs. „Kennt ihr ein schönes Spiel?", fragt Melfi. „Das könntet ihr uns dann beibringen." Doch sie und Zenit blicken in ratlose Gesichter.

„Wir könnten Verstecken spielen, das macht Spaß!", kommt da ein Vorschlag von einer Fledermaus. „Das geht nicht, wir werden dann vielleicht nicht rechtzeitig sehen, wann der Heißluftballon zurückkommt." Das Eichhörnchen ist ganz besorgt, dass sie etwas während des Spielens verpassen.

„Ich stimme dir zu, es muss etwas sein, das wir am Platz machen können", schlägt Zenit vor. Alle denken angestrengt nach. „Ich weiß etwas!", ruft Melfi da auf einmal. „Dass ich da nicht gleich darauf gekommen bin! Es ist einfach, macht Spaß und wir können es am Platz spielen!" „Ja, was, erzähle uns, wie geht es?", rufen da auf einmal alle durcheinander.

„Ich sehe was, was du nicht siehst", sagt Melfi und steht dabei auf. „Was?", fragen alle wie aus einem Mund. „Ich sehe was, was du nicht siehst", wiederholt Melfi. „So heißt unser Spiel." „Wie geht es denn?" „Es ist ganz einfach. Eine oder einer von uns sucht sich einen Gegenstand aus unserer Umgebung hier aus. Die anderen dürfen nicht wissen, welcher es ist. Derjenige, der sich den Gegenstand ausgesucht hat, nennt eine Eigenschaft, zum Beispiel eine Farbe, die er hat. Alle anderen Mitspieler sehen sich um und können ihn durch direkte Fragen erraten. Ihr seht also, wir können hierbleiben. Wir verpassen den Heißluftballon nicht, während wir spielen."

„Das ist lustig, das machen wir!", rufen viele. „Gut, dann wollen wir keine Zeit verlieren. Wer möchte sich denn als Erstes einen Gegenstand aussuchen?", fragt Zenit. „Ich würde es einmal vormachen, damit ihr wisst, wie es funktioniert. Bei der zweiten Runde ist ein anderer dran." Melfi schaut sich intensiv in der Umgebung des Flusses um. „Es ist gar nicht so einfach, wenn man bewusst nach einer besonderen Sache Ausschau hält. Aber ich habe etwas entdeckt. Ich sehe was, was ihr nicht seht und das ist gelb!"

Fast alle Mitspieler stehen plötzlich auf. Sie laufen wild durcheinander und schauen sich dabei immer wieder um. „Hallo, ich habe gesagt, dass ihr nicht aufzustehen braucht. Ihr könnt es im Sitzen auch sehen." „Bist du dir sicher, ich sehe nichts Gelbes, es muss doch weiter weg sein", rufen sie.

„Na, dann solltet ihr eure Augen aber genauer aufmachen, ihr könnt es deutlich vor euch sehen!", gibt Melfi einen kleinen Hinweis. „Ich sehe nur Wasser!", klagt das Eichhörnchen. „Ihr müsst euch besser konzentrieren und in Ruhe alles betrachten, was sich hier in der Umgebung befindet. Dann ist es ganz einfach!"

„Ist es vielleicht die gelbe Blume da vorne?", fragt plötzlich der Feenmann. „Das ist richtig! Sehr gut! Ich habe gewusst, dass ihr es schnell versteht. Wer möchte sich jetzt einen Gegenstand aussuchen?"

Das Eichhörnchen ist als Nächstes an der Reihe, damit es mehr Mut bekommt und seine Angst verliert. Es sucht sich doch wirklich etwas Grünes aus. Das ist für alle Mitratenden sehr schwierig, weil es hier am Ufer des Flusses sehr viele grüne Dinge gibt.

Sie raten wild durcheinander, es geht dabei sehr abenteuerlich zu. Eine lustige Stimmung ist zu spüren, wo viel gelacht wird. Niemand ist böse auf den anderen, wenn er eine falsche Antwort gibt.

Sie überlegen gerade, wie sie weitermachen sollen und ob sie sich noch ein anderes Spiel ausdenken sollen, da sehen sie in der Ferne, wie ein kleiner Punkt auftaucht.

„Der Ballon kommt zurück, jetzt sind wir an der Reihe!", rufen mehrere. Alle freuen sich miteinander. Sie vergessen dabei das Spielen. „Passen wir denn alle in die Gondel?", rufen die Fledermaus und Schimpfuchs besorgt.

„Aber ja, wir haben allen anderen den Vortritt gelassen, damit wir bei der letzten Fahrt dabei sein können", erklärt Zenit. Gespannt sehen sie zu, wie der Heißluftballon am Horizont immer größer wird. Girbär winkt ihnen schon von Weitem zu. „Ich finde es richtig schade, dass ihr bald nicht mehr da sein werdet. Ich könnte mich gut daran gewöhnen, ständig hin und her zu fliegen! Dann hätte ich eine feste Aufgabe."

„Biete doch in Zukunft einen Flugdienst zu verschiedenen Orten an", schlägt Melfi vor. Sie hat immer im richtigen Moment die passende Idee.

„Ja, das könnte ich mir sehr gut vorstellen", ruft Girbär begeistert. Er ist immer noch relativ weit entfernt.

„Wir freuen uns erst einmal auf unser Zuhause!", ruft das Eichhörnchen. Sie warten alle gespannt, bis der Heißluftballon direkt über ihnen schwebt, dann setzt er langsam zur Landung an.

„Schade, dass es die letzte Fahrt ist, ich habe heute wirklich einen wunderschönen Tag mit euch erleben dürfen", strahlt Girbär über das ganze Gesicht.

„Was machst du, nachdem du uns nach Hause gebracht hast?", möchte Melfi wissen. „Ich ruhe mich natürlich aus, es ist heute anstrengend gewesen."

Sanft setzt der Ballon zur Landung an. Alle Geschöpfe kommen näher heran. „Nur kein Gedränge, ihr passt alle rein." Nacheinander klettern alle Mitreisenden in den unteren Teil des Heißluftballons.

Die Gondel ist nun voll besetzt, alle stehen dicht gedrängt, aber jeder hat seinen Platz gefunden. „Sind wir nun vollzählig, kann es jetzt losgehen?", fragt Girbär. Er ist noch ein bisschen aufgeregt.

„Ja, wir können starten!", rufen Melfi und Zenit als Leiter der Gruppe. Girbär gibt das Startsignal, der Ballon hebt ab.

„Huch, ist das ein seltsames Gefühl, nicht selbst fliegen zu müssen!", ruft der Feenmann. „Ja, aber es ist toll, seht doch, wie klein alles von hier oben aussieht!"

Viele der Weggefährten reisen zum ersten Mal in ihrem Leben in der Luft. Für alle ist es ein richtiges Abenteuer.

Der Heißluftballon schwebt am Fluss entlang. Die Landschaft unter ihnen verändert sich ständig. Das eine Mal sehen sie ein kleines Dorf mit Häuschen unter ihnen, ein anderes Mal wieder viele Landstriche nur mit Wiesen und Feldern. Manchmal sehen sie auch einige Hügel. Es ist eine abwechslungsreiche Flugreise. „Ich könnte ewig so fahren", erklärt Melfi. „Wie ich gesagt habe, ich komme so viel schneller voran und werde dabei gar nicht müde."

„Es dauert nicht mehr lange, dann sind wir an der Stelle angelangt, wo ich die beiden anderen Gruppen habe aussteigen lassen", stellt Girbär fest. „Ja, mache das so, wie du es für richtig hältst, wir finden unseren Weg dann schon zurück!", bestärkt ihn Zenit.

„Wie geht es jetzt bei dir weiter, suchst du dir eine neue Bleibe für diese Nacht?", fragt Melfi bei Zenit nach.

„Ja, auf jeden Fall. Du weißt, dass ich nicht aufgebe. Es findet sich immer eine Lösung. Wenn ich keinen Schlafplatz finde, übernachte ich im Freien!" Zenit ist mittlerweile hart im Nehmen. „Ich bewundere deinen Mut!"

„Ich habe keine andere Wahl, ich habe diesen Weg gewählt", erklärt Zenit „Achtung, wir landen gleich, bitte haltet euch alle fest oder haltet euch gegenseitig fest!", ruft Girbär. Der Heißluftballon setzt zur Landung an. „Hey, ich kenne mich endlich wieder aus!", rufen da viele aus der Gruppe.

Sie erkennen ihre Heimatgegend wieder. Auch Zenit und Melfi schauen nach unten. „Huch, in diese Richtung laufe ich nie mehr, denn sie führt zu dem Schneckenhausberg mit dem Rondell, wo das ganze Abenteuer begonnen hat." Zenit zeigt in eine bestimmte Richtung. „Dann ist der Weiher wohl auf der entgegengesetzten Seite. Ich denke, dass ich dann heute dorthin weiterziehen werde."

„Ich muss auch erst einmal in diese Richtung fliegen, aber unsere Wege werden sich dann ja trennen." Melfi ist bei dem Gedanken an den Abschied traurig geworden. „Wir können uns ja wiedersehen", schlägt Zenit ihr vor. „Ich möchte nur nicht ständig mit jemanden zusammen sein." „Da freue ich mich. Wir sind auch schon richtig zusammengewachsen."

Sanft setzt der Heißluftballon am Boden auf. Girbär klettert als Erster aus der Gondel, damit er den anderen beim Aussteigen helfen kann. Alle haben die Fahrt gut überstanden. Fröhlich schauen sie sich in ihrer vertrauten Gegend um.

„Jetzt ist es nicht mehr weit bis nach Hause", ist immer wieder zu hören. Alle bedanken sich überschwänglich bei Girbär. „Es war mir ein Vergnügen. Es hat sehr viel Spaß gemacht, euch kennenzulernen, sowie euch an euer Ziel zu bringen."

„Musst du jetzt noch weit fahren, bis du wieder daheim bist?", möchte Melfi wissen. „Es ist schon ein ganz schönes Stück, aber nicht zu weit", erwidert Girbär. „Ich werde es sicherlich schaffen."

Die gesamte Gruppe schaut zu, wie Girbär wieder in seine Gondel steigt.

„Kommt alle gut wieder nach Hause, es war mir eine Freude!", ruft er und winkt dabei zum Abschied. „Uns hat es auch sehr gefreut, hab vielen Dank, komm ganz besonders du gut wieder zu Hause an!", antwortet Melfi in Vertretung für alle. Jetzt können sich die anderen nicht mehr zurückhalten: Sie jubeln, klatschen Beifall, springen in die Höhe und werfen Girbär Kusshände zu. Es ist eine wahre Freude, ihnen allen zuzusehen. „Das Abschiednehmen fällt mir jetzt richtig schwer", gibt Melfi zu. „Du wirst sehen, ihr seid bald wieder in eurer gewohnten Umgebung", muntert Zenit sie auf.

„Ja, was ist mit dir, wo wirst du jetzt hingehen?" „Mach dir um mich keine Sorgen, ich werde meinen Platz schon finden", beruhigt er sie. Langsam verabschieden sich alle voneinander, aber nicht ohne sich tausendmal bei Melfi und Zenit zu bedanken. Sie bleiben als Letzte zurück. Sie schauen allen Gruppenmitgliedern nach, wie sie in verschiedene Richtungen davonlaufen.

„Dieses Abenteuer wäre überstanden", sagt Zenit. „Ich bin gespannt, was als Nächstes kommt." „Mir reicht es für die nächsten tausend Jahre mit Abenteuern", gibt Melfi zu. „Ich brauche nicht so viel Action."

„Ich auch nicht, aber immer, wenn ich dachte, jetzt wird es ruhig und ich kann mich ausruhen, ist etwas anderes passiert", erklärt ihr Zenit. „Deshalb stelle ich mich innerlich darauf ein, dass ich noch so etwas erleben könnte. Wenn es dann nicht so ist, freue ich mich."

„Da gebe ich dir recht. Aber vielleicht hängt es jetzt davon ab, welchen Ort du dir wählst. Wenn du ein ruhiges Zuhause findest, hättest du da etwas dagegen?"

„Das wäre wunderbar, doch es findet sich nicht so einfach etwas Passendes. Ich bin gespannt, wohin es mich verschlägt." Beide umarmen sich noch einmal zum Abschied und mit einer kleinen Träne im Auge fliegen Melfi und der Feenmann davon.

Gedankenverloren bleibt Zenit an dieser Stelle zurück. Bis jetzt ist es immer ganz anders gekommen, als er es sich vorgestellt hat. Immer wenn er denkt, dass er einen ruhigen Platz gefunden hat, an dem er bleiben kann, ist er doch wieder an einen anderen Ort gekommen.

Letztes Mal war das sicher unfreiwillig. Soll er sich denn wirklich darauf einstellen, eine feste Heimat zu haben? Wäre es nicht sinnvoll, immer wieder auch seine Umgebung zu verändern? Er kann ja einen Kompromiss zwischen den beiden Extremen schließen.

Er bleibt längere Zeit an einem Ort, bis er spürt, dass er weiterziehen soll. In die Zukunft schauen kann er nicht, das hat er jetzt gelernt.

Mit diesen Gedanken läuft er in Richtung des Sees los, genau in die entgegengesetzte Richtung des Schneckenhausberges mit dem Rondell. Er ist gespannt darauf, wie sein Weg verlaufen wird, wohin er ihn führt.

Auf der einen Seite hat Zenit die große Gemeinschaft gutgetan, aber jetzt ist er froh, wieder allein unterwegs zu sein. Er kann entscheiden, was ihm guttut, wo er hinsoll. Als Erstes zieht es ihn zu der Stelle, wo die Beeren und Früchte wachsen. Er muss unbedingt seine Vorräte auffüllen. Als er die Fläche erreicht, geht es ihm gut. Er ist mit allem versorgt, was er braucht.

„Ich bleibe heute Nacht einfach hier", denkt er sich. „Ich bin wieder einmal genug gewandert. Ich muss da weitermachen, wo ich vorher aufgehört habe – mit Ausruhen. Es hat leider nicht richtig geklappt. Wenn mich nicht gleich wieder ein Drachenwesen entführt, werde ich jetzt dafür Zeit haben."

Momentan scheint er recht zu behalten. Zenit ruht sich für den Rest des Tages an einem Baum am Rand des Feldes aus. Er macht nichts und denkt nicht viel. Er sieht sich aufmerksam in seiner Gegend um.

Zwischendurch schläft er immer wieder ein und döst vor sich hin. Phasenweise träumt er tatsächlich, dass er mit dem Drachenwesen durch die Luft fliegt. Jedes Mal wacht er dabei auf. Er möchte und will es nicht erneut erleben. Hier unter dem Baum fühlt er sich sicher. Wo er morgen schlafen wird, wird sich noch ergeben. Langsam fängt es an, dunkel zu werden, der Mond ist am Himmel zu sehen.

Es ist eine warme Sommernacht, Zenit kann gut im Freien schlafen.

Er schläft die ganze Nacht durch, ohne Alpträume, es geht ihm richtig gut. Er fühlt sich fit und ausgeschlafen. Zenit beginnt, zu frühstücken, er lässt sich Zeit damit.

Er muss keine große Strecke laufen, auch nicht überlegen, wie er sich aus einem Drachenschloss befreien kann. Es genügt, einfach nur da zu sein. Er genießt es richtig. Nach dem Frühstück bleibt er einfach noch ein bisschen sitzen.

Nachdem er sich genügend ausgeruht hat, spürt er, dass es jetzt Zeit ist, weiterzuziehen. Er muss hier noch andere Orte erleben und kennenlernen. Soviel steht fest. Dauernd unter freiem Himmel zu übernachten, ist sicher auch nicht das Wahre.

Einfach so ins Blaue hineinzulaufen, erscheint ihm nicht gerade klug. Er ist so nie weit gekommen. „Ich muss ein Ziel für mich finden, wenigstens eine Richtung, in die es weitergehen soll." Zenit ist sich sicher, dass er hierfür eine Formulierung finden muss.

Es will ihm nicht so recht etwas einfallen. Aber ist es nicht ein Ziel, wenn er ein Quartier für die Nacht findet? Mit einem Dach über dem Kopf, um es ganz konkret zu machen. Jetzt ist Zenit damit einverstanden. Er beginnt, seinen Weg zu gehen.

Er genießt es, wieder in seiner Wunschgegend zu sein. Durch diese Unterbrechung ist ihm bewusst geworden, was für ein Geschenk sie ist. Er kann viel unterwegs entdecken, aber bis jetzt hat er noch keine geeignete Unterkunft für die Nacht oder gar länger gefunden. Er muss demnach weiter Ausschau danach halten.

Die ganze Zeit hat er sich immer in Geduld geübt und er versucht es weiterhin. Immer wieder ertappt er sich dabei, dass er sie verliert. Es ist nicht mehr so wie früher. Plötzlich steht er vor dem Eingang eines großen Tunnels, der sich mitten am Weg befindet. Auch das noch, er ist umgeben von einer hohen Steinwand. Sie zieht sich endlos lang zu beiden Seiten hin. Es ist nichts zu machen, da gibt es kein Vorbeikommen. Mit solchen Tunneln oder Höhlen hat er keine besonders guten Erfahrungen gemacht, aber es muss ja nicht immer gleich etwas schiefgehen. „Ich muss es einfach versuchen und durch den Tunnel gehen. Es bleibt mir gar nichts anderes übrig, ich komme sonst nicht weiter." Vorsichtig setzt er die ersten Schritte in den Tunnel. Den Ausgang am anderen Ende kann er noch nicht sehen, es ist sehr dunkel drinnen. Das auch noch, hoffentlich sitzt er jetzt nicht in einer Falle.

Aber er geht weiter. Zenit hat es sich angewöhnt, niemals zurückzusehen, sondern immer nur geradeaus nach vorne.

Je weiter es vorwärts geht, umso dunkler wird es um ihn herum. Zenit will sich davon nicht beirren lassen. Er läuft weiter. Der Boden ist weich, er kann gut gehen. Er versucht etwas und ruft laut: „Hallo, ist hier jemand?"

Sein Echo schallt von den Wänden zurück, sonst bekommt er keine Antwort. Hier ist niemand, es ist demnach nicht gefährlich.

Als er etwa zur Mitte des Tunnels kommt, erscheint weit vorne, ganz entfernt von ihm, ein kleiner Lichtstrahl. Der Ausgang ist wohl nicht mehr so weit entfernt, das freut ihn.

Zenit achtet nicht, wo er hintritt, da bleibt er auf einmal am Boden in einer Felsspalte stecken – nur mit einem Huf. Alle anderen drei seiner Beine bleiben frei. Er schafft es aber nicht, den einen eingeklemmten Huf zu befreien, er sitzt richtig fest.

„Ich habe die Spalte gar nicht bemerkt, ich wollte einfach nur zu dem Ausgang. Das habe ich jetzt davon, dass ich nicht aufgepasst habe."

Aber jammern bringt ihn nicht weiter, vor allem dann nicht, wenn es keiner hört. Er muss sich wieder einmal selbst befreien. „Jetzt bin ich schon wieder gefangen", sprudeln ihm da die Gedanken durch den Kopf.

Aber er wäre nicht Zenit, wenn er aufgeben würde. „Kann ich das Loch hier irgendwie größer machen, damit mein Huf wieder frei wird?"

Er kann nicht einmal losziehen, um einen passenden Gegenstand dafür zu suchen. Zenit wird es klar, dass er auf fremde Hilfe angewiesen ist, er muss warten, bis hier jemand vorbeikommt – falls hier jemals jemand vorbeikommt. Das könnte tagelang oder sogar wochenlang dauern. „Gut, für die erste Zeit habe ich etwas zu essen, aber wenn die Vorräte aufgebraucht sind, sieht es düster für mich aus."

„Ich bin bis jetzt immer aus allen Situationen heil herausgekommen", macht Zenit sich Mut.

Er versucht, sich bequem hinzusetzen und denkt nach. Allzu viel kommt dabei nicht heraus, er kann schließlich nichts tun. Manchmal kommt er wieder in solche Phasen, in denen er sich selbst Vorwürfe macht.

Sie helfen ihm jedoch nicht weiter. Es muss eine Rettung für ihn geben. Ist denn dieser Tunnel wirklich unbewohnt?

„Mensch, dass ich nicht gleich darauf gekommen bin: Ich kann ja versuchen, noch einmal zu rufen. Wenn schon drinnen niemand ist, vielleicht hört mich ja draußen jemand und kann mir zu Hilfe kommen."

Zenit ruft aus Leibeskräften: „Hallo, hört mich jemand?"

Das Echo trägt seinen Ruf weiter. Es kommt keine Reaktion, keine Antwort. „Ich darf nicht gleich aufgeben. Draußen sind ja nicht andauernd Lebewesen unterwegs."

So ruft er noch einmal und noch einmal. Immer wieder lässt er kurze Pausen dazwischen, damit mögliche Helfer die Gelegenheit haben, ihm zu antworten oder zu ihm zu kommen.

Es wird mich jemand hören. Alle, die er bisher getroffen hat, waren freundlich zu ihm, bis auf das Drachenwesen. Er ruft und ruft. „Vielleicht sollte ich dazusagen, dass ich Hilfe brauche. Wenn ich nur frage, ob hier jemand ist, interessiert das wahrscheinlich niemand. Wie sollten Wanderer da erfahren, dass ich in einer Notlage bin." Zenit ruft jetzt, so laut er kann: „Ist hier jemand, ich brauche Hilfe!"

„Wer ruft da?", fragt eine nette, helle Stimme zurück. „Ich bin Zenit, ich stecke hier in einer Felsspalte fest." „Ja, wo denn, ich sehe nichts!" Es ist zu dunkel, als dass er jemanden erkennen könnte.

„Ich hoffe, dass du eine Fee bist, die mich hier herauszaubern kann." „Leider bin ich es nicht, aber ich will versuchen, dir zu helfen. Ich heiße Mikesch."

„Bist du eine Katze?", möchte Zenit wissen. „Eine halbe Katze, hinten ein Hund, ich kann toll mit dem Schwanz wedeln", erklärt Mikesch. „Außerdem kann ich miauen und bellen, ganz, wie ich möchte."

„Interessant, so ein Wesen wie du ist mir noch nicht begegnet. Wie kannst du mir helfen?"

„Kann ich versuchen, deinen Huf aus der Felsspalte zu ziehen?", schlägt Mikesch vor. „Wenn du vorsichtig bist, sehr gerne!" Ganz sanft zieht Mikesch mit seinen beiden Vorderpfoten an dem Bein von Zenit.

Der Huf sitzt fest in der Spalte, er rührt sich keinen Millimeter. „Wir müssen den Stein zertrümmern, dann ist dein Bein wieder frei!"

„Wie willst du das denn machen? So einfach kannst du ihn nicht zerschlagen."

„Oje, das ist eine schwierige Situation." Es ist Mikesch anzumerken, dass er sehr gerne helfen würde, aber einfach keine Lösung findet.

„Ach, ich war schon oft in so einer Lage, immer ist es gut weitergegangen. Uns fällt bestimmt noch etwas ein." „Du bist aber optimistisch. Warum bist du überhaupt in den Tunnel gegangen?"

„Er hat sich mir sozusagen in den Weg gestellt, ich konnte nicht ausweichen, ich habe mir gedacht, was soll schon passieren?"

„Dann ist es geschehen!", stellt Mikesch fest. „Wo willst du hin?" „Ich bin neu in dieser Gegend, ich suche einen festen Ort, wo ich bleiben kann, ein neues Zuhause." „Da hast du dir etwas Schwieriges vorgenommen, das ist nicht leicht."

„Ich habe es auch gemerkt, auf dieser Suche bin ich quasi dauernd gefangen genommen worden, erst von einem Drachenwesen, jetzt von einer Felsspalte, ich komme einfach nicht vorwärts."

„Du bist auch schon von dem Drachen gefangen genommen worden? Ich war letztes Jahr dran. Siehst du, dann hast du es wenigstens schon hinter dir. Du gehst sicher nicht ein zweites Mal in die Heimat des Drachen!"

„Nur wie komme ich jetzt hier wieder raus?" Langsam verzweifelt Zenit doch etwas, nachdem sein Helfer auch nicht weiß, was er machen soll. „Wenn meine Freundin Melfi jetzt hier wäre, könnte sie mein Bein einfach herauszaubern, sie ist eine gute Fee!"

„Ja, wir würden sie wirklich brauchen, wo wohnt sie denn?", fragt Mikesch. Er scheint einen Gedanken zu haben.

„Willst du sie holen?", fragt Zenit hoffnungsvoll. „Wenn ich weiß, wo sie wohnt, natürlich."

„Das weiß ich eben nicht, wir haben uns erst vor einem Tag verabschiedet. Außerdem kann sie gut fliegen, sie könnte demnach überall sein. Ich denke aber, es ist einen Versuch wert, nach ihr zu suchen. Eine andere Lösung fällt mir momentan auch nicht ein." „Du musst schließlich wieder befreit werden. Gut, ich mache mich jetzt auf den Weg, ich komme auf jeden Fall zu dir zurück, egal, ob ich sie gefunden habe oder nicht."

„Vielen Dank, das ist lieb von dir." „Warte erst einmal ab, noch habe ich sie nicht gefunden", entgegnet Mikesch.

„Das macht nichts, aber du willst mir helfen, das allein gibt mir schon Kraft." „Alles klar, ich komme bald zurück, ich denke nicht, dass eine allzu lange Suche Sinn machen würde." „Okay, viel Glück, bis später!", ruft Zenit Mikesch nach, der sich auf den Weg in Richtung Ausgang macht.

Zenit kann jetzt nichts weiter tun, außer warten, dass Mikesch hoffentlich mit Melfi zurückkommt. Wenn er sie wirklich findet, wird sie sich wundern, warum er schon wieder in so einer Lage ist.

Er überlegt, ob er nicht versuchen kann, sich selbst zu helfen, es fällt ihm erst einmal nichts ein.

Zenit versucht erneut, sein Bein aus der Spalte herauszuziehen. Es sitzt fest und er will beinahe aufgeben. Zenit hat aber den Willen, sich zu befreien. Nach mehreren Versuchen kann Zenit sein Bein ein bisschen bewegen.

Es ist immerhin ein kleiner Fortschritt zu vorher. „Na also, ich darf nur nicht aufgeben, es bewegt sich schon etwas." Er rückt sein Bein in der Spalte weiter hin und her. Vielleicht wird dadurch sein Bewegungsspielraum immer größer. Ob er irgendwann seinen Huf von allein herausbekommen wird?

Zenit versucht es immer wieder, sein Huf hat in der Felsspalte jetzt schon einen einigermaßen großen Bewegungsradius, doch ganz heraus bekommt er ihn nicht. Es ist richtig zum Verzweifeln. Seine Gedanken springen wild durcheinander: „Was ist, wenn Mikesch Melfi nicht findet? Wenn es ihm trotz Helfer nicht gelingen wird, seinen Huf herauszuziehen?" Aber bei diesen Gedanken möchte Zenit nicht bleiben, das ist nicht seine Einstellung. Er hat auf seinem Weg gelernt, dass es immer gut weitergehen wird. Daran hält er sich fest. Er weiß nicht, wie lange er jetzt schon hier sitzt und versucht, seinen Huf herauszuziehen.

Da hört er von der Ferne eine Stimme, auf die er lange gewartet hat. „Zenit bist du noch da, wir sind es, Melfi und Mikesch!" „Hast du sie wirklich gefunden?", ruft Zenit erleichtert zurück. „Sie hat mich gefunden", erklärt Mikesch. „Was heißt das jetzt?", möchte Zenit wissen. Sein Huf interessiert ihn mittlerweile überhaupt nicht mehr. „Lass uns zu dir kommen, dann erklären wir dir alles."

Er ist so gespannt und neugierig darauf, wie sich die beiden wirklich getroffen haben. So zieht sich Zenit mehr und mehr nach vorne – und dabei sein Bein mit dem Huf, der in der Spalte steckt, natürlich mit.

Er merkt gar nicht, wie er sich dadurch immer mehr aus seiner Lage befreit. In diesem Moment konzentriert er sich nicht darauf, sich zu befreien, sondern seine Aufmerksamkeit ist auf seine beiden Freunde gerichtet, auf das wunderbare Ereignis ihres Treffens.

Plötzlich spürt Zenit einen gewaltigen Schub. Sein Huf ist befreit! Ganz ohne Zauberei! Wie hat er denn das jetzt geschafft? Er ist ganz verwirrt, sodass er nichts mehr sagen kann.

„Zenit, bist du noch da?", ruft Mikesch noch von Weitem. „Ist etwas passiert?" „Ob ihr es glaubt oder nicht, ich habe mich eben von selbst befreit!" „Das ist doch nicht möglich", ruft Melfi in den Tunnel hinein. „Wartet bitte! Ich komme zu euch. Wir gehen nach draußen, dort ist es heller." „Zenit hat recht, lass uns rausgehen", schlägt Mikesch Melfi vor. Sie versuchen, so schnell wie möglich ins Freie zu kommen.

Als die drei im Freien angekommen sind, sehen sie sich zum ersten Mal wieder richtig. „Erzähl doch, wie hast du dich jetzt ganz ohne Zauberei befreien können?", fragt Melfi, nachdem sie sich von ihrem Schock etwas erholt hat.

„Ganz einfach, ich wollte unbedingt zu euch gelangen, sodass ich nicht mehr nur daran gedacht habe, meine gesamte Kraft auf meine Befreiung zu richten", erklärt Zenit. „Das ist alles? Das hätte ich nie für möglich gehalten. So wie Mikesch erzählt hat, hast du wieder ganz schön in der Klemme gesteckt."

„Ja, im wahrsten Sinne des Wortes habe ich in der Klemme gesteckt, aber dank eurer Hilfe bin ich wieder frei." „Wir haben doch gar nichts gemacht", bemerkt jetzt Mikesch, der bisher ruhig zugehört hat. „Ihr habt euch um mich gesorgt und du hast nach Melfi gesucht, das ist sehr viel wert." „Das hättest du doch für uns bestimmt auch getan." „Darauf könnt ihr euch verlassen, dass ich euch genauso helfe", strahlt Zenit. „Wie geht es jetzt mit dir weiter?", möchte Melfi wissen. „Ich werde weiterhin versuchen, meinen neuen Platz hier in dieser Gegend zu finden. Ich gebe nicht auf, auch wenn sich mir immer wieder Hindernisse in den Weg stellen. Ich glaube, sie gehören dazu."

„Das haben wir mittlerweile alle gelernt. Wann möchtest du denn weiterziehen? Wollen wir den Rest des Tages nicht gemeinsam verbringen?" „Na klar, nicht dass Mikesch dich völlig umsonst geholt hat", lacht Zenit.

So sind sowohl Mikesch als auch Zenit an diesem Abend bei Melfi sowie dem Feenmann in ihrem Haus zu Gast. Es ist ein lustiger Abend. Zenit nimmt Melfis Angebot zur Übernachtung dankend an. Er ist froh darüber, sich heute keinen Schlafplatz suchen zu müssen.

Nach einem guten Frühstück zu dritt am nächsten Morgen fragt Melfi: „Bist du jetzt bereit, weiterzuziehen?" „Ja, nach so einer angenehmen Nacht und einem schönen Tagesbeginn geht es sicher gut weiter." „Kann es sein, dass dein Weg eine Suche nach dir selbst ist?", fragt Melfi.

„Da hast du sicher recht, oft stehe ich mir dabei selbst im Weg", erkennt Zenit. „Ich glaube, ich habe es schon einmal gesagt: Ich denke, du findest deinen Platz, manchmal braucht es etwas länger." „Es kommt leider manchmal etwas dazwischen, das habe ich auch gelernt", rekapituliert Zenit. Alle drei lachen, es gibt eine herzliche Verabschiedung.

Fröhlich zieht Zenit weiter. Er ist gespannt, was ihn nun erwarten und ihm begegnen wird. Er braucht kein großes Abenteuer, es wäre ihm recht, wenn er nun davon verschont bleiben würde. Doch aus Erfahrung weiß er, dass es nicht allzu lange dauern wird, bis ihn wieder ein neues Abenteuer einholen wird. Dann ist er aber dafür gerüstet, da er jetzt schon genügend Erfahrungen sammeln hat können.

Zenit ist fokussiert auf seinen Weg, der vor ihm liegt. Er sieht nicht zurück, nicht nach links und nicht nach rechts. Er geht einfach nur geradeaus weiter. Es ist so, als würde er seinen Weg ab dem Zeitpunkt fortsetzen, bevor ihn das Drachenwesen entführt hat. Die Landschaft, die er sieht, ist wunderschön, er kann sich gar nicht genug daran sattsehen. Er läuft an wunderschönen Blumenwiesen vorbei, mittendrin fließt ein kleines Bächlein.

Immer wieder tauchen verschiedenartige Bäume auf, die von seltenen Vögeln, die wie Papageien aussehen, umflogen werden. Immer wieder setzen sie sich, nisten in den Ästen. An einer besonders schönen Stelle ist ein Feld, auf dem Pflanzen mit Beeren und Früchten wachsen.

Zenit macht hier erst einmal einen Halt, um seine Vorratsbehälter neu zu befüllen. Sie sind fast gänzlich leer. Da es anschließend erst einmal Mittagszeit ist, stärkt er sich. Auch eine Pause darf nicht fehlen.

Nachdem er gut ausgeruht ist, setzt Zenit seine Wanderung wieder fort. Er ist nach wie vor begeistert, in welcher wunderschönen Gegend er ist, er freut sich auf seine Zukunft. Er wünscht sich ein ruhiges, beschauliches Leben, so ähnlich, wie er es vorher hatte.

Während er seinen Weg geht, schaut er sich immer wieder um, ob er nicht einen Ort oder Platz findet, an dem er bleiben kann. Er muss plötzlich stoppen, da er etwas entdeckt hat. Der Platz sieht ganz interessant aus. Da steht ein großer, dicker Baum, der innen hohl ist. Ob er hier einen Unterschlupf findet, zumindest erst einmal vorrübergehend, bis er etwas Sichereres hat?

Doch bei näherer Betrachtung stellt er fest, dass dieser Baum doch nicht die nötigen Voraussetzungen dafür hat. Er ist zu undicht, es regnet bestimmt durch, das kann Zenit nicht brauchen.

Eine Untersuchung ist der Baum jedenfalls wert gewesen. Wie er so seinen Weg geht, überlegt er sich, welche Art von Unterkunft er sich vorstellt. So ein Baum bietet schon eine gewisse Sicherheit, allerdings möchte er in keiner Höhle mehr sein, da ist er vorher gewesen, davon hat er genug. Er weiß allerdings nicht, ob er so wählerisch sein kann. Eine neue Unterkunft zu finden, ist nicht einfach, das hat er bereits gemerkt. Er wird das nehmen müssen, was sich ihm bietet.

Zenit macht sich bewusst, dass er bisher immer zum richtigen Zeitpunkt das bekommen hat, was er braucht. So ist es bestimmt auch diesmal.

Bis jetzt ist sein Weg immer geradeaus verlaufen. Jetzt macht er aber eine Kurve. Wer weiß, was danach kommt. Nicht dass er wieder gefangen wird. Aber er muss sich ja nicht von solchen Vorahnungen verunsichern lassen.

Er läuft um die Kurve und bleibt wie angewurzelt stehen. Zenit ist angenehm überrascht. Da steht eine Holzhütte. Er wird doch nicht Glück haben? Von so einem sicheren Unterschlupf hat Zenit bis jetzt nur träumen können.

Er kann es ja machen wie bei dem Baum. Einen Versuch, sie anzusehen und zu untersuchen, ist die Hütte in jedem Fall wert. Er ist jedoch vorsichtig, denn sie könnte bereits bewohnt und besetzt sein. Er geht zur Tür und klopft an. Drinnen ist es still. Niemand antwortet ihm. So drückt er die Klinke und macht vorsichtig die Holztür auf.

Im ersten Augenblick ist es stockdunkel. Er sieht die Hand nicht vor den Augen. So groß ist die Hütte nicht.

Sie scheint unbewohnt zu sein, denn sie ist innen völlig leer. Das ist gut, er möchte nicht noch einmal in einer Unterkunft sein, wo schon jemand wohnt. Immerhin könnte es doch sein, aber er glaubt nicht daran, denn das gibt es selten, dass ein Bewohner so gar keine Spuren hinterlässt.

Zenit reißt alle Fensterläden auf, er lässt Tageslicht herein. Es entsteht eine warme, helle Atmosphäre, in der sich Zenit sofort wohl, sicher und geborgen fühlt. Ja, hier lässt es sich gut leben und aushalten.

Er denkt, dass er jetzt am Ziel seiner Reise angekommen ist. Sein neues Leben ist noch nicht ganz vollständig. Die Hütte müsste mit verschiedenen Gegenständen und Dingen für das alltägliche Leben ausgestattet werden.

Aber Zenit weiß, dass ihm alles zur richtigen Zeit zufallen wird. Mit einem Mal fühlt er sich vollkommen frei und erleichtert. Er hat sein Ziel erreicht, seinem Leben eine komplett neue Richtung gegeben.

Sein nächster Schritt ist nun, sich in dieser neuen Umgebung einzuleben, hier eine Heimat zu finden.

Er weiß, dass dies seine Zeit braucht, dass es dauern wird. Es macht ihm nichts aus, er hat alle Zeit der Welt.

Als ersten Schritt, um sich heimisch zu fühlen, sucht Zenit einen breiten Holzbalken und Holzklötze dazu. So kann er sich eine Bank für seine Hütte bauen. Er braucht einen Platz vor der Hütte, wo er sich zum Ausruhen oder abends für einige Zeit hinsetzen kann.

Es ist für ihn eine gute Art der Entspannung. Die Sachen sind bald gefunden, in kurzer Zeit steht die Bank vor ihm. Zenit ist da sehr geschickt. Zufrieden und glücklich setzt er sich vor seiner Hütte auf die Bank. Er schaut in die untergehende Sonne. Er kann es nicht glauben, dass eine lange Reise hinter ihm liegt. Ein völlig neues Kapitel in seinem Leben wird jetzt aufgeschlagen. Es ist noch ganz neu – es liegt offen und leer vor ihm.

Der Autor

Alexander Kail wurde 1972 in Nürnberg
geboren; heute lebt er in Erlangen. Er arbeitet
seit über zwanzig Jahren als Erzieher und
Sozialwirt, zum Beispiel im Kindergarten,
und ist auch beim Stadtjugendamt für die
Verwaltung von Kindertageseinrichtungen
tätig. Seine Lieblingsaktivitäten sind u. a. das
Lesen und das kreative Schreiben. Parallel zu
seinem Hauptberuf absolvierte Alexander Kail
ein zweijähriges Fernstudium als Autor von
Kinder- und Jugendbüchern. Seine langjährige
Erfahrung im Umgang mit Kindern und
Jugendlichen sowie sein beruflich geschultes
Einfühlungsvermögen kommen in seiner
schriftstellerischen Tätigkeit zum Ausdruck.
Nach „Hurra, hier kommt der Hausgeist" und
„Ein neues Zuhause für Frederick" ist „Zenit"
bereits die dritte Publikation des Autors im
novum Verlag.

Bewerten
Sie dieses Buch
auf unserer
Homepage!

www.novumverlag.com

Alexander Kail

Hurra, hier kommt der Hausgeist

ISBN 978-3-99131-378-6
192 Seiten

Der Umzug aufs Land beschert Michael einen neuen Freund –
den Hausgeist Pierre! Doch dieser möchte gern im nahen
Schloss spuken. Dazu braucht er Michaels Hilfe. So beginnt für
die mutigen Freunde eine fantastische Schatzsuche voller Geis-
ter und Geheimgänge.